I0651589

Ramón Meza ● Aniceto Valdivia ● Aurelia Castillo de González ● José de Armas y Cárdenas (Justo de Lara) ● Ángel Luzón ● Julio Rosas ● Manuel S. Pichardo ● Cirilo Villaverde ● Francisco Calcagno ● E. Sánchez Fuentes y Peláez ● Manuel Moré (M. Remo) ● Enrique Hernández Miyares ● Héctor de Saavedra ● Ramón A. Catalá ● Bernardo Costales y Sotolongo ● Antonio Zambrana ● Pedro Giralt ● Pedro Molina ● José Tamayo y Lastres

CUENTOS DE LA HABANA ELEGANTE

edición, introducción y notas críticas:

Jorge Camacho,
Rocío Zalba y Hugo Medrano

- STOCKCERO -

Copyright foreword & notes © Jorge Camacho, Rocío Zalba y Hugo
Medrano
of this edition © Stockcero 2014
1st. Stockcero edition: 2014

ISBN: 978-1-934768-76-1

Library of Congress Control Number: 2014947400

Set in Linotype Granjon font family typeface
Printed in the United States of America on acid-free paper.

Published by Stockcero, Inc.
3785 N.W. 82nd Avenue
Doral, FL 33166
USA
stockcero@stockcero.com

www.stockcero.com

Ramón Meza • Aniceto Valdivia • Aurelia Castillo de González •
José de Armas y Cárdenas (Justo de Lara) • Ángel Luzón • Julio
Rosas • Manuel S. Pichardo • Cirilo Villaverde • Francisco Cal-
cagno • E. Sánchez Fuentes y Peláez • Manuel Moré (M. Remo)
• Enrique Hernández Miyares • Héctor de Saavedra • Ramón A.
Catalá • Bernardo Costales y Sotolongo • Antonio Zambrana •
Pedro Giralt • Pedro Molina • José Tamayo y Lastres

CUENTOS DE
LA HABANA
ELEGANTE

Índice

LOS CUENTOS DE LA HABANA ELEGANTE

JORGE CAMACHO
University of South Carolina-Columbia

Los cuentos que se publican en este volumen aparecieron originalmente en la revista literaria *La Habana Elegante*, una de las publicaciones literarias más importantes de Cuba, que se convirtió a su vez en un portavoz del modernismo hispanoamericano. Esta revista, dirigida por Hernández Miyares reunió en sus páginas un número importante de colaboradores, los más famosos de ellos, Julián del Casal y José Martí, y proveyó a sus lectores con una literatura dinámica y moderna que marcó un hito en las letras cubanas. En 1887, los editores de la revista publicaron un volumen con esos cuentos, que desde entonces no han aparecido en otra antología. Caso lamentable porque el libro publicado por ellos fue el primero dedicado a este género literario en Cuba. Habría que esperar doce años más para que Esteban Borrero Echeverría publicara su colección de cuentos *Lectura de Pascuas* (1899) algunos que incluso salieron con antelación en *La Habana literaria*, otra revista también dirigida por Miyares.[1]

Con vistas a reconstruir, entonces, la historia del cuento en Cuba hemos preparado esta antología, con todas las narraciones que aparecieron originalmente, el prólogo de los editores e incluso los libros que estaban a la venta en esta

---

1.   El olvido ha sido tanto que en 1975 ni siquiera Salvador Bueno menciona esta colección en su introducción a la antología del *Cuento Cubano del siglo XIX* y Jorge Fornet en el prólogo al *Cuento cubano del siglo XX,* afirma que este volumen se publicó «a inicios de la década» de 1890 (8).

época. Hemos agregado además esta introducción y unas breves notas sobre la mayoría de los autores que le permitirán al lector saber quiénes eran. En lo que sigue me referiré a alguno de los temas más importantes que aparecen en este volumen y trataré de ponerlos en el contexto más general de la literatura cubana de finales del siglo XIX.

Llama la atención, primeramente, que los autores que aparecen en este volumen casi todos sean periodistas que jugaron un papel fundamental en la composición del campo literario que se formó entre finales de la guerra de los Diez Años (1868-1878) y la de 1895. Entre ellos están veteranos como Cirilo Villaverde, y escritores jóvenes como Ramón Meza, Aniceto Valdivia, Hernández Miyares y Antonio Zambrana. La prosa y los temas de estos cuentos, especialmente el de Julio Rosas, titulado «La estrella verde» se acercan al estilo modernista. Están más preocupados con la sensibilidad literaria o artística que con la cuestión social o la historia. Hablan de sujetos sensibles, absorbidos por su arte o su vida interior, un tema que hereda el modernismo del romanticismo tardío en Europa, en el que abrevan estos autores.

El cuento de Valdivia (1857-1927), además de abundar en imágenes poéticas, trata el tema de la iniciación del artista o del poeta, que en el caso de la Isla, por ser una colonia española, tenía importantes nexos con la política. En su narración Valdivia cuenta cómo cuando era joven y vivía en España, publicó un poema en *El Imparcial*, que recibió una crítica devastadora de uno de los escritores más famoso de entonces, Leopoldo Alas, Clarín. La anécdota, sugiero, es importante porque pone en aviso a los escritores nó-

veles de los obstáculos por los que tenían que pasar para al-
canzar la fama, y segundo porque posiblemente sea una
anécdota falsa ya que aunque es cierto que Valdivia, cuando vivió en España, publicó poesías y varias traducciones
en *El Madrid Cómico*, *La Diana* y otras revistas españolas,
no hemos podido encontrar el poema al que se refiere en
este cuento. Tampoco hay noticia de un artículo escrito por
Clarín sobre un poema del cubano. En cambio sí encontra-
mos una crítica que Valdivia escribió sobre la novela del español, Armando Palacio Valdés, que Clarín después de le-
erla, le pareció un poco injusta y por la cual ambos
escritores riñeron públicamente. La pelea entre los dos, o
mejor, entre los tres porque Armando Palacio también intervino en la disputa, se desarrolló en el periódico y llegó a
tal extremo que uno llamó «imbécil» al otro, y Valdivia
perdió su puesto de redactor en *El Madrid Cómico*.[2]

Esta rivalidad entre escritores, sin embargo, no era extraña en la época, y mucho menos entre intelectuales que
tenían puntos de vista políticos diferentes. Casi, podemos
decir, éste era el estado permanente del campo literario fi-
nisecular, atravesado por peleas nacionalistas, lingüísticas
y estéticas que llenaron las páginas de muchos periódicos y
libros durante el apogeo del modernismo. Clarín, por
ejemplo, no fue el único que «atacó» a Valdivia por sus opiniones o por haber escrito un «mal» poema. Otro escritor
cubano, Emilio Bobadilla, más conocido por el seudónimo
de Fray Candil, también lo hizo con tanta saña en su libro
Triquitraques, que llamó a su colega el «jorobado de la literatura», dueño de una prosa «churrigueresca y malsonan-
te» que le producía el efecto de «un gran collar de cuentas

---

2. Para más detalles sobre esta disputa véase mi ensayo «El modernismo y
    el duelo: la polémica entre Aniceto Valdivia y Leopoldo Alas, Clarín»
    Hispanic Journal.

de vidrio multicolores, desgranado sobre un caldero viejo» (79). Bobadilla, quien también fue poeta, novelista y cuentista, criticó a los modernistas por ser «grafómanos» (así titula uno de sus libros). Se burló repetidas veces del lenguaje poético que utilizaban, y su filiación con el naturalismo (al igual que Clarín) le impidió reconocer lo que había de positivo en esta literatura que recién se estaba gestando en Hispanoamérica. Por otro lado, Valdivia, recordemos, fue uno de los grandes animadores del modernismo en Cuba. Escribió poemas donde recreaba la estatuaria griega y fue gracias al baúl de libros que trajo de Europa en 1885, que Julián del Casal tuvo acceso a escritores nuevos y malditos que no se conocían en Cuba (Montero 77).

De modo que cuando leamos estos cuentos debemos prestar atención al contexto más amplio de la política colonial, al diálogo transatlántico y al surgimiento de un nuevo estilo literario, que como sabían todos los modernistas, se funda sobre la base del romanticismo. En este sentido, un cuento clave que aparece en este libro es «La estrella verde», de Julio Rosas, que crea un ambiente denso de imágenes coloridas, tan surreales que nos recuerda la frase de José Martí sobre los «versos joyantes» de Julián del Casal.

Julio Rosas, un autor hoy completamente ignorado y cuyo verdadero nombre era Francisco Puig y de la Puente (1839-1919), fue el artífice de una obra desigual, que incluye la novela antiesclavista *La campana de la tarde; o, Vivir muriendo* (1873) y numerosos trabajos que aparecieron en periódicos en Cuba y los Estados Unidos. En este cuento Rosas resalta un ambiente de estilo esteticista, producido por los reflejos de las perlas, rubíes y esmeraldas que aparecen a lo largo de todo el cuento. Baste un ejemplo para tener una idea de estas descripciones:

Una ebúrnea tórtola posada en los globos de su seno, introducía el pico de coral rosa en el botón de clavel rojo que la doncella sostenía en sus aterciopelados labios.

A su lado, un perro leonado, cuyos ojos inteligentes se fijaban en su amiga, sostenía en la boca un canastillo donde se amontonaban las flores de los jardines de todos los climas y de todos los países.

El viajante se preguntaba:

— ¿Es la ramilletera de algún palacio fantástico? ¿Es la jardinera del jardín soñado de las enamoradas? ¿Es la hada de las rosas? ¿Es la estatua animada de la primavera sobre pedestal fabricado con hojas de rosas?

¿Quién no adivina en este y otros cuadros de este cuento el inconfundible estilo modernista que empezaba a surgir en Hispanoamérica? Es una prosa colorida, rítmica e impresionista (Salgado 83), donde no importa tanto el hecho narrado como el detalle, y las formas suntuosas en que se describen las escenas. De hecho podría decirse que la trama de este cuento, la recreación de una leyenda europea, solamente es una excusa para desplegar una preciosa imaginaría de luces, oros, telas, música, mancebos, y toros blancos, que termina convirtiendo el cuento en un objeto raro, donde se mezcla lo inusual y lo fantástico, dorados delfines, y una procesión de indígenas y negros, nada menos que en el Rhin.

No todos los cuentos en este volumen, sin embargo, tratan de la literatura o cargan el acento en la poesía. Mucho menos se acercan a la sensibilidad modernista. Hay otros que están motivados por las cuestiones sociales. Son narraciones que entran dentro del realismo tradicional y nos proveen con la ilusión de que estamos leyendo fábulas sacadas de la vida real, de la historia o del periódico. Dos ejemplos son el cuento de José de Armas y Cárdenas (1866-1919), titulado «Cuento viejo» y el de Aurelia Castillo (1842-1920), «Un cuento de Francisca». En este último, Aurelia Castillo narra una historia que oyó de los labios de su antigua esclava, Francisca, quien llegó a su casa cuando ella tenía 8 años y quien durante toda su niñez la entretuvo contándole relatos maravillosos. Recordemos que un año antes de publicarse este volumen, en 1886, la corte española les había dado la libertad definitiva a todos los esclavos en Cuba. Por lo cual nuevamente el contexto donde aparece este cuento es fundamental para entenderlo. Por momentos, esta narración se lee como una confesión de vida, a veces como una disculpa por la falta de creatividad de la autora, y sobre todo, como un gesto de admiración por la antigua esclava. Por esta razón su cuento adopta la forma de contar de Francisca. Evita los datos geográficos específicos, la descripción física del personaje principal y hasta imita la cadencia de las frases, los adjetivos y el lenguaje de la nana (33). Vista de forma retrospectiva, esta narración continua la tradición en Cuba del escriba, editor o intermediario blanco, que narra la vida de los negros en la colonia, tal y como aparece en la novela de Anselmo Suárez y Romero (1818–1878), las narraciones de Lydia Cabrera (1899-1991), Alejo Carpentier (1904–1980) y Miguel Barnet (1940-).

Lo mismo puede decirse del cuento de Justo de Lara,

seudónimo que utilizaba el periodista José de Armas y Cárdenas (1866-1919). En «Cuento viejo» Justo de Lara parte de una anécdota que ocurrió en Nueva Orleans, y al igual que el de Valdivia, trata de otra ofensa personal que termina esta vez en duelo. Justo de Lara, era un gran amante de la esgrima, y fue el autor además de un folletín titulado *Las armas y el duelo* (1886), en que hace una apasionada defensa de este deporte. En su escrito Lara afirma que se debía practicar la esgrima porque ésta ayudaba al valor, al carácter y a través de su ejercicio se «aprenden costumbres caballerescas y se adquieren formas delicadas y decentes» (12). «Cuento viejo,» por tanto, es una anécdota de cuando el honor se defendía con la punta del sable, igual que lo hizo su padre, el escritor, José de Armas y Céspedes (1834-1900) de quien se dice tuvo al menos dos duelos en Cuba. Para Justo de Lara, la esgrima era un deporte y una preparación de vida, un ejercicio necesario, especialmente en Cuba donde como dice, «los duelos se suceden con más frecuencia que en otros» países y donde yace «en tan notable abandono el noble ejercicio de las armas» (48).

En efecto, en la Cuba de finales de siglo el duelo era algo tan común que Agustín Cervantes escribió un libro sobre el particular, *Los duelos en Cuba* (1894), donde se destaca una gran cantidad de escritores que se enfrentaron por ofensas de honor. Entre ellos intelectuales prominentes como Manuel Sanguily (1848-1925), Rafael Montoro (1852-1933), José Antonio Cortina (1853-1884), Antonio Zambrana (1846-1922), Fermín Valdés Domínguez (1852-1910), Juan Gualberto Gómez (1854-1933), y el propio Aniceto Valdivia de quien se afirma tuvo dos enfrentamientos a pistola. Uno en 1888 con el redactor de «La Unión Constitucional» Fernando Ormaechea (66) y el segundo en 1889, con el periodista Francisco Durante, por otro «artículo injurioso para el señor Valdivia, publicado en *El Estandarte*» (74). Por suerte, Valdivia salió vivo de ambos enfrentamientos, pero este número tan elevado de hombres de letras envueltos en lances de armas habla mucho de la importancia del prestigio público en un país que todavía era una colonia y donde había seguramente muy poca confianza en las instituciones encargadas de reparar las ofensas. No podía ser otro el ambiente que dejó la primera guerra de independencia en Cuba, la llamada guerra de los Diez Años. Ni era extraño, tampoco, que Justo de Lara haya escogido este tema para su cuento, que el de Francisco Calcagno termine en el mismo punto, y que Ramón Meza haya publicado una novela genial sobre este asunto un año antes de aparecer este volumen. Sorprende, sin embargo, leer en este libro la narración de Meza, tan poética que muy pocos sospecharían de su apego al naturalismo, pero sí ese desencanto profundo que pervive en mucho de lo que escribió. Es un tema, podríamos decir, tangencial a la política, que reaparece con fuerza en el cuento de Manuel Serafín Pichardo (1863-1937), «Cuento que pica en historia» que narra, nada menos, que la historia de tres amigos que recuerdan la muerte del poeta Juan Clemente Zenea fusilado por el gobierno español durante la guerra de independencia. Este cuento y el titulado «Las tres cruces», que narra la muerte y el suicidio de dos hermanos enfrentados por la política, tocan un fibra profunda en el sentir del cubano, que en la próxima década verá estallar de nuevo la guerra. No es justo por eso desligar *La Habana Elegante* de las preocupaciones políticas, ni decir como hacen los autores del *Diccionario de Literatura cubana*, que el semanario «no publicó artículos políticos, ni nacionales ni extranjeros. Tal tema, al parecer, fue ajeno a sus intereses». Porque si no hubo tales artículos, LHE sí publicó estos cuentos que hablan del descontento, y la crisis nacional. Incluso, podríamos decir, que la narración de Ramón Meza «dos opiniones» es susceptible de leerse también en clave alegórica por la censura que reinaba en el país y el ambiente que describe. ¿Podía ser el modernismo cubano, entonces, extraño a la política?

Otros temas que afloran en este libro son el de la riqueza, la avaricia, la amistad, y la mujer fatal, a veces entrelazados, y que van a recorrer toda la literatura de finales de siglo. La amistad aparece en el cuento de Calcagno, en uno de los «Tres poemitas» de Hernández Miyares, en la narración de Héctor de Saavedra «La última página,» y en el cuento sobre Zenea de Serafín Pichardo. A su vez, los temas de la mujer y la sexualidad están presentes en la narración de Bernardo Costales y Sotolongo, «Por una, otra» y el cuento de Antonio Zambrana (1846-1922), «Cuento griego». Estos temas se discuten desde múltiples ángulos en esta época, ya sea en la literatura, los manuales médicos o en los periódicos. Por ejemplo, el cuento de Bernardo Costales y Sotolongo, quien era además dramaturgo, se enfoca en lo que llama el «desenfreno del vicio». El protagonista conoce una mujer que lo lleva por mal camino, perdiéndolo, para «la familia y para la patria» (157). ¿Qué vicio podría ser éste? ¿Acaso el de la prostitución, sobre la cual un año después el doctor Benjamín Céspedes publicará un libro en La Habana?

El cuento de Antonio Zambrana, por otro lado, es más poético y sensual. A Zambrana, a quien se le reconoce una influencia decisiva en el joven Rubén Darío (1867-1916), toca estos temas con erudición y menos prejuicios que Costales, y puede verse en él, como en el otro, la calidad de la prosa, la tropología y la influencia de la literatura francesa de la época. En ambos cuentos el personaje principal es un artista o un poeta, y en el cuento de Zambrana éste crea una estatua de mujer, tan bella y real que se enamora de ella. Zambrana se basa, como dice, en un cuento griego, que no es otro que la historia de Pigmalión y Galatea que cuenta Ovidio en sus *Metamorfosis*. De este modo se mezclan arte y sexualidad, y el primero de los dos se convierte en un referente para hablar de la belleza humana. Algo similar ocurre, en el cuento de Valdivia donde se describe la mujer a través de una pintura de Hipólito Flandrin, o haciendo mención de las estatuas griegas y el «mármol toscano» (21). Su cabellera rubia era «como un casco de oro», una descripción similar a la que aparece en varios textos de José Martí, especialmente en *Versos sencillos* (1891). Dicho esto, agrego, que junto con autores ya reconocidos como el propio Zambrana o Cirilo Villaverde, el novelista cubano más importante del siglo XIX, hay otros en este volumen que no aparecen en el *Diccionario de literatura cubana*, por ser tal vez considerados únicamente periodistas. Me refiero a Pedro Giralt, que publicó el cuento «El padre Amado»; Pedro Molina, el autor de «Las tres cruces»; José Tamayo y Lastres, el autor de «Pilón con cuero»; Bernardo Costales y Sotolongo, el autor de «Por una, otra»; Manuel Moré, autor de «Belleza, ¿dónde estás?» y Héctor de Saavedra, autor de «La última página».

Para concluir, debo agregar que en la edición que hemos preparado de estos cuentos hemos seguido al pie de la letra los textos originales, corrigiendo únicamente errores de imprenta y modernizando la ortografía. Hemos respetado la omisión de la mayoría de los signos de exclamación e interrogación en los cuentos, las palabras y frases con énfasis, y las divisiones que se señalan, ya sea con estrellas o con puntos suspensivos. Además, hemos incluido al final del libro el catálogo original y las palabras que le sirven de introducción para que se tenga una idea del proyecto total en que consistió este volumen. También hemos agregado breves notas biográficas para la mayoría de los autores aunque en algunos casos ha sido imposible dar con ella. De Ángel Luzón, por ejemplo, solo sabemos, por una nota que publicó Raimundo Cabrera en su revista *Cuba y América*, que era poeta y periodista y que murió posiblemente en 1904. Esperamos, entonces, que disfruten estos cuentos y que su conocimiento nos ayude a tener una mejor idea de lo que significó *La Habana Elegante* en Cuba.

OBRAS CITADAS:

Bobadilla, Emilio. *Triquitraques*. Madrid: Imprenta de Fernando Fe, 1892.

Borrero Echeverria, Esteban. *Lectura de pascuas*. Habana: El Fígaro, 1899.

Bueno, Salvador. «Prólogo.» *Cuentos cubanos del siglo XIX*. Antología. Selección y prólogo de Salvador Bueno. La Habana: Editorial Arte y Literatura, 1975. 13-42.

Cabrera, Raimundo. «Ángel Luzón» *Cuba y América, revista ilustrada* 17. 4 (Enero 1905): 38

Calcagno, Francisco. *Diccionario biográfico cubano*. Edición facsimilar. Introducción Guillermo de Zéndegui. Miami: Editorial cubana, 1996.

Camacho, Jorge. «El modernismo y el duelo: la polémica entre Aniceto Valdivia y Leopoldo Alas, Clarín.» *Hispanic Journal* 34.2 (2013): 185-198.

Figarola-Caneda, Domingo. *Diccionario cubano de seudónimos*. La Habana: Siglo XX, 1922.

Cervantes, Agustín. *Los duelos en Cuba*. La Habana: A. Miranda, 1894.

Céspedes, Benjamín. *La prostitución en la ciudad de la Habana*. Habana, 1888.

Diccionario de la literatura cubana. La Habana: Editorial Letras Cubanas, 1980-1984.

Meza y Suárez Inclán, Ramón. «El duelo de mi vecino». *Novelas breves*. La Habana: Editorial Arte y Literatura, 1975. 21-56.

Montero, Oscar. *Erotismo y representacion en Julian del Casal*. Amsterdam: Rodopi, 1993.

Salgado, María. «La nueva prosa modernista.» *Thesaurus* 22. 1 (1967): 81-94.

Fornet, Jorge. «Prólogo.» *Cuento cubano del siglo XX*. Antología. Editores Jorge Fornet y Carlos Espinosa Domínguez. México: Fondo de Cultura Económica, 2002. 7-28.

Lara, Justo de. *Las armas y el duelo*. Carta dirigida al Sr. D. Manuel Cardenal y Gómez, maestro de esgrima, por Uno de sus discípulos. La Habana: Imp. La Tipografía, 1886.

Valdivia, Aniceto. «Prólogo.» *Los duelos en Cuba*. Agustín Cervantes. La Habana: la Miranda, 1894. XI-XIII.

Al lector

Nuestro propósito, al comenzar la serie de *Cuentos* que han venido publicándose, hace meses en las columnas de nuestro semanario *La Habana Elegante*, y que ahora tenemos el gusto de ofrecer al público coleccionados en el presente volumen, ha sido, principalmente, estimular la labor de nuestros literatos, brindándoles ocasión de lucir las dotes de su ingenio en estos trabajos de la literatura amena, siempre leídos con agrado y que, a las veces, proporcionan útil entretenimiento.

Hubiéramos deseado ver, entre las firmas que aparecen al pie de los *Cuentos*, las de otros reputados literatos, que esto, además de suponer muy apreciable colaboración en la obra, vendría como a probar, con un dato más, la cultísima afición que entre nosotros existe por las bellas letras.

No nos toca señalar el mérito de los trabajos que hemos reunido por más que sean ajenos y por más que no nos atribuyamos, en los *Cuentos*, otra participación, que la secundaria y material de haberlos obtenido y coleccionado.

Sin embargo, omitiríamos un deber de cortesía y consecuencia si no diéramos desde aquí las gracias a nuestros compañeros, que han contribuido, generosamente, a dar realce a la obra con esos trabajos que son muestra valiosa de sus aptitudes literarias.

La redacción

LOS DOS LENTES

I
Hermanos gemelos

Era aquella noche oscura y tormentosa. Caían gruesas gotas de lluvia que redoblaban fuertemente en los cristales de las ventanas de las casas. Los árboles, como animales bravíos, sacudían con furia sus copas cargadas de agua. El viento huracanado[1] silbaba entre las ramas, gemía en las ruinosas paredes y por todas partes daba espantosos bufidos. Todo estaba profundamente sombrío. Sólo cuando los rayos desgarraban el seno de las nubes bajas y veloces, su luz deslumbradora y vívida caía sobre los árboles, las casas, las colinas, los arroyos y lagunatos esparcidos por la llanura y lo iluminaban todo, un instante con espléndidas claridades de mediodía. Luego quedaba todo más oscuro aún. Y truenos repetidos hacían trepidar el suelo y vibrar siniestramente los cristales.

Pero ni Luís ni Emilio se ocupaban de aquella tempestad deshecha. Sentado uno al lado del otro, ante su mesa de estudio, se entretenían en leer un gran libro de corte dorado que recibía de lleno la luz de la lámpara colgada en medio de la habitación. Cuando el viento o la lluvia hacían mucho ruido en las ventanas contentábanse los dos jóvenes con alzar perezosamente la vista, para convencerse de que permanecían cerradas y seguían tranquilos su lectura.

Luís y Emilio eran hermanos gemelos: tenían quince

---

1   Dice «ahuracanado» en el original.

años. Precisamente aquel mismo día, terminados ya sus estudios de segunda enseñanza, habían salido del colegio, para no volver jamás a él.

Parecían dos ángeles: sus ojos azules, sus cabellos rubios y crespos, su cutis sonrosado, y más que todo, la encantadora e infantil sonrisa que vagaba por sus lindos labios, revelaban toda la inocencia y el candor de sus almas. Nada más que sus padres y los amigos habituados a tratar cotidianamente a los dos jóvenes, podían distinguir al uno del otro sin equivocarse: pues sus rostros, por su semejanza, eran una reproducción casi perfecta. El carácter de los dos hermanos era el mismo: acariciaban ambos las más halagadoras esperanzas. Su candorosa fantasía hacíales entrever algo así como un mundo lleno de flores, de luz, de perfumes y de aromas. Una especie de hermoso país poblado de ancianos, robustos de semblante hermoso, de blanquísimas canas, de larga barba, predicando siempre bajos los árboles del campo el deber, la virtud y el amor. País donde no habría más moneda que la del cariño: de él se servirían los hombres mejor que de las viles rodajas de oro y plata causa de tantas miserias y avaricia. Ese país hermoso, lleno de jardines y de encantadores lugares lo recorrerían ellos, de extremo a extremo, llevando del brazo una esposa querida para quien siempre tendrían rosas y jazmines al alcance de la mano, y nidos de pájaros con que obsequiarla y castos besos que ella recibiría con los ojos húmedos de ternura y el pecho henchido de amor. La bondad sería la cualidad predominante en todos los hombres. No habría pobres. Y los que disfrutasen de muy contados bienes estarían contentos con su suerte.

Muchas veces Luís y Emilio se comunicaban estos pensamientos:

-Yo tendré un gran palacio, decía Luís, un ala de él será para ti y tu esposa; y la otra, para mi esposa y para mí. Nos amaremos mucho. Jamás habrá rencillas entre nosotros. Los criados nos tendrán cariño y respeto.[2] Nuestros amigos no nos darán nunca que sentir. Todos pareceremos hijos de una misma madre.

-Sí, contestaba Luís, y por las tardes saldremos a visitar nuestros vecinos que habitarán felices y contentos sus casas esparcidas por la campiña. Los hombres nos confiarían sus penas; y las mujeres confiarán las suyas a nuestras esposas. Nosotros aliviaremos con dádivas y consejos sus pesares. Y a la hora del crepúsculo, cuando comiencen a asomar las primeras estrellas, nos arrodillaremos en mitad del campo, y con la cabeza descubierta, las manos enlazadas y los ojos fijos en el cielo, rezaremos.

¿Dónde estaba ese país? ¿Cuándo gozarían de sus venturosas costumbres? Ésta era una duda que no se[3] le había ocurrido ni a Emilio ni a Luís: estaban convencidos de que ese país existía y de que vivirían muy pronto en él.

Y aquella noche en que soplaba con tal furia el viento y caía a torrentes la lluvia, Luís y Emilio, entretenidos con la lectura de *Las mil y una noches*,[4] que tal era el título de aquel libro de corte dorado, abierto sobre la mesa y que recibía de lleno la luz de la lámpara, creían ver más real y más cercano aquel país venturoso de aromas, perfumes, vírgenes y flores donde correrían apacibles y serenos, sin que pesar alguno los turbase, los días más bellos de su vida.

Por eso, poco les preocupaban los mugidos del viento

---

2   Cuba dejó de ser una sociedad esclavista un año antes, en 1886.
3   Falta la frase «no se» en el original.
4   *Las mil y una noches*, cuentos del Medio Oriente, de gran imaginación y popularidad. Este mismo libro se menciona más adelante en «un cuento de Francisca».

ni el ruido de la lluvia torrencial. Las gruesas paredes de la habitación les defendían de la furia del huracán; y los cristales de las ventanas, de la humedad de la lluvia.

Dentro de la habitación, alumbrada por la lámpara, no se oía más ruido que el que hacían al doblarse las hojas del libro.

De repente un violento impulso abrió una de las ventanas de la habitación: sus vidrios estallaron, sus aldabas volaron quebradas en mil pedazos. Y los asombrados hermanos vieron destacarse, sobre el fondo sombrío de la noche, la silueta de dos seres que nada tenían de humanos. Uno tenía alas rizadas y transparentes, un rostro hermoso, una sonrisa arrobadora y lo rodeaba, como grande aureola una claridad semejante a la del cielo cuando está más azul y transparente: era un ángel. El otro de rostro repugnante, de sonrisa maliciosa, de alas negras y puntiagudas como las del murciélago, despedía de sí una fosforescencia de color verdoso como la del azufre en combustión: era un demonio. Ambos lucharon un instante en la ventana para entrar primero, más convencidos de que tenían igual potencia, transigieron y entraron juntos.

El ángel se dirigió a Luís y le colocó sobre los ojos un lente de armadura de oro y vidrios blancos.

El demonio se dirigió a Emilio y le colocó sobre los ojos un lente de armadura de hierro y vidrios negros.

El ángel dijo a Luís:

—Es preciso que recorras el mundo: mañana sal de aquí, toma el camino de la derecha y sigue siempre en esa dirección. Jamás te quites de los ojos ese lente que te he colocado en ellos. Adiós.

Y luego estrechando la mano de Luís, se dirigió a la ventana y voló.

El demonio dijo a Emilio:

—También tú debes recorrer el mundo: mañana sal de aquí, toma el camino de la izquierda y síguelo sin temor. Nunca te quites de los ojos ese lente negro que te he puesto. Me voy.

Después el demonio estrechó la mano del joven, se dirigió a la ventana y poniéndose de pie sobre la baranda se tiró de cabeza hacia abajo.

Luís miró a su hermano Emilio: Emilio miró a Luís y nada se dijeron. Ambos se creyeron víctimas de una alucinación. Cerraron el libro, apagaron la luz y se acostaron.

El día siguiente muy temprano, antes de que sus padres se despertaran, salieron Luís y Emilio de la casa arrastrados por un deseo irresistible de ver el mundo. Luís tomó a la derecha. Y Emilio a la izquierda.

II
El lente blanco

Los primeros albores del día iban ya clareando el cielo. La lluvia de la pasada noche había sido muy beneficiosa al campo. Las hojas de los árboles, frescas y lustrosas, lucían sus matices de esmeralda. Los pájaros, después de las incomodidades y peligros de aquella noche de tempestad, cantaban con más fuerza, erizaban sus plumas y abrían sus alas para recoger ávidamente los cálidos y primeros rayos de sol. La naturaleza toda presentábase, al joven viajero Luís, encantadora, risueña.

Luís vio una linda casa en medio de terrenos primorosamente cultivados y se acercó. Varios niños de moreno rostro, pelo negro como el azabache y ojos grandes y bellísimos retozaban en la mojada yerba sobre la cual pacían mansas vacas y ovejuelas. No pudo resistir Luís el deseo de entrar en aquella casa. A pesar de ser tan de mañana todos se hallaban ya en pie. Una madre, joven y feliz, lactaba, al lado de dorada cuna, un lindo pequeñuelo. Una bella joven, como de diez y seis años, daba lecciones de piano a una hermanita suya como de siete. En el comedor, sobre la mesa, veíanse apilados los manteles, vajillas y cubiertos que debían servir para el almuerzo. El amo de la casa, el esposo de aquella madre joven, y padre de aquellos lindos niños, escribía sonriendo en su bufete entre estantes de libros de corte dorado y perfectamente encuadernados. Cuadros, magníficos muebles, jarrones llenos de flores, lámparas en las que destellaban los transparentes prismas heridos por el sol, espejos finísimos; todo indicaba que aquella era una morada de seres dichosos y que gozaban de la abundancia y del bienestar. Luís halló la más franca hospitalidad. Pero no quiso detenerse ahí muchos días y siguió andando.

Vio muchos pueblos ricos y prósperos que decidían sus cuestiones internacionales por el arbitraje. No había soldados: los ciudadanos en vez del fusil empuñaban el rastrillo y la azada. Visitó exposiciones, museos, monumentos grandiosos, templos llenos de suntuosidad y riquezas. Los sacerdotes fomentaban las creencias religiosas con la palabra y con el ejemplo. Los legisladores y jueces, inclinados a la compasión y la benevolencia, sin menoscabo de la justicia, daban sabia y rectamente a cada uno su derecho. Los delincuentes eran conducidos a penitenciarías, verdaderos institutos de corrección, en donde se les instruía y corregía: de allí salían todos arrepentidos de sus faltas y mejorados moralmente. Los ciudadanos alcanzaban los altos puestos de la república sin padrinazgos ni influencias, sino por su aptitud y méritos individuales.

Luís, al recorrer tantos países, no vio un solo divorcio, porque el más santo y puro amor presidía en cada hogar. Los padres amaban entrañablemente a sus hijos y estos veneraban a sus padres. Los esposos jamás reñían. Las suegras eran complacientes y dadivosas. La felicidad de los hogares se trasmitía a la sociedad. Jamás oyó murmurar a los vecinos, unos de otros. Entre las familias no había envidia ni celos. No existían títulos de nobleza: el escudo que ostentaban orgullosamente todos los hombres sobre su pecho eran la dignidad y la honradez. El recato era la más eficaz salvaguardia del honor de las mujeres. Los hombres de ciencia discutían siempre respetando sus diversas opiniones. Los literatos se aplaudían unos a otros y se animaban cordialmente a producir obras. Los músicos se abrazaban. Los pintores se estrechaban fuertemente las manos y los escultores admiraban sin recelo sus estatuas.

¿Qué vio Luís, en fin, que no le encantase y no le mantuviera en la más feliz disposición de ánimo? Bailes, teatros, paseos, banquetes, fiestas, en todas partes estaba y siempre salía gozoso. ¡Qué inmensa dicha repartida en la sociedad y los hombres!

Luís llegó a viejo contemplando el mundo a través de su lente blanco. ¡Era un bendito de Dios!

III
El lente negro

Aún no había iluminado el sol aquella parte del cielo donde se acumulaban espesas, grises y amenazadoras, enormes masas de nubes. Por todo el campo se veían terribles señales de la violencia de la tormenta: los árboles desarraigados, los cultivos esparcidos, los caminos fangosos é interrumpidos por devastadores torrentes. Cuando los pálidos y tristes rayos del sol de aquella mañana pudieron romper el espeso velo de nubes que cubría el cielo, fue tan sólo para infundir más horror en aquella vasta comarca desolada. Bestias ahogadas, casas ruinosas, bosques talados. Y completaban esta entristecedora perspectiva bandadas de negros y nauseabundos cuervos que batían alegremente sus alas y asordaban con sus desapacibles y roncos graznidos. La naturaleza se presentaba muy sombría, al joven viajero Emilio.

Lo que llamó con más ahínco su atención, fue una pobre vivienda situada en medio de terrenos estériles, cubiertos de zarzas e inundados. Fuera de la casa se hallaban apilados desordenadamente varias mesas, sillas, una pobre cuna y otros muebles mugrientos y desvencijados. Dos alguaciles empujaban brutalmente a un anciano que se resistía a abandonar, en aquella mañana húmeda y fría, su pobre vivienda; más convencido de la impotencia de sus esfuerzos se rindió, al fin, el pobre viejo, y cayendo de rodillas sobre el fango se arrastraba suplicando a aquellos hombres crueles que le dejasen permanecer siquiera tres días más, bajo aquel techo querido en que había pasado toda su vida. Una mujer demacrada, débil y enferma lloraba y suplicaba también estrechando contra su agotado pecho un niño débil y le arropaba entre sus harapos para resguardarlo del aire húmedo. Emilio, compadecido ante aquel cuadro de miseria, se acercó para tratar de socorrer a aquella familia desgraciada. Los alguaciles le volvieron la espalda. Y los infelices desahuciados, tomándole, quizá, por el propietario de aquella casa y de aquellas tierras, le insultaron y le apedrearon.

Emilio siguió andando. Y vio pueblos arruinados que se batían con otros pueblos vecinos, y desgarraban sus entrañas con la guerra civil. Los ciudadanos, apenas arribaban a la pubertad, eran sorteados para cubrir las filas de los ejércitos diezmados. Pocas escuelas y universidades; muchos cuarteles y fortalezas. Y las hojas de los libros se arrancaban para atacar fusiles. Visitó cementerios, anfiteatros, minas, canteras donde con un grillete al pie y un pico en la mano, atados por la cintura y a distancia vertiginosa del suelo, trabajaban hombres que al cabo morían de fiebre o de insolación. Vio plazas de toros, vallas de gallos y reñir hombres á puñadas. Los templos eran mezquinos. Los sacerdotes eran los peores enemigos de la religión por sus predicaciones funestas y su conducta escandalosa. Los jueces eran corrompidos y venales: ante ellos tenían, sin disputa, más derechos, los más ricos y poderosos. Los delincuentes se depravaban en las cárceles, donde en apiñada y horrible confusión, había hombres feroces que confraternizaban para cometer, en lo adelante, mayores crímenes. Los ciudadanos de talento, se hallaban pospues-

tos en los empleos públicos por los ambiciosos y los intri-
gantes que contaban siempre con padrinos y valiosas influencias.

En los matrimonios, jamás encontró Emilio paz ni so-
siego: cada hogar era un infierno. Se pedía a gritos el divorcio, y los legisladores no tuvieron más remedio que
consentirlo. Los padres castigaban y maltrataban a sus hijos; y estos huían del lado de sus padres. Los esposos andaban constantemente a las greñas. Las suegras eran intru-
sas e insoportables. Las familias guardaban rencores
tradicionales y hasta se armaban y tenían hombres asala-
riados para guerrear unas con otras.

En todas las naciones que visitó Emilio, pudo observar
que cada una de ellas tenía por enemiga a su vecina, que
sus propias provincias odiaban a las otras provincias limí-
trofes, que las ciudades odiaban las ciudades, las aldeas[5] tenían declarada guerra a las aldeas cercanas, los vecinos a
los vecinos y entre los familiares o inquilinos de cada vivienda había rencillas, odios, enemistades, tragedias, dis-
putas. La nobleza, aunque fuera reciente y de relumbrón,
alzaba con altivez la cabeza sobre las otras clases. No podía hacerse ningún negocio por falta de honradez, y sobra
de mala fe. No se respetaban las mujeres: cada cual se creía con derecho a requebrarlas. Los hombres de ciencia no
se avenían y se trataban de estúpidos en libros, conferencias y periódicos. Los músicos no se reunían más que en la
orquesta, bajo la batuta del director, especie de vara mágica. Los comerciantes eran todos una cáfila de contraban-
distas y usureros. Ni un solo literato encontraba aceptable
la obra de otro literato. Los pintores jamás se dirigían un

---

5   Dice»ladeas» en el original.

saludo. Y los escultores cerraban los ojos al pasar ante las estatuas de otros escultores contemporáneos suyos.

¿Qué vio Emilio que no le turbase el ánimo y no le causase tristeza y hastío profundos? Entierros, ajusticiados, duelos, guerras, suicidios, todo esto le había impresionado de una manera dolorosa. ¡Cuántas aflicciones y desgracias vio pesar sobre la pobre humanidad!

Emilio llegó a viejo contemplando el mundo a través de su lente negro. ¡Fue siempre un desdichado!

IV
Al fin de la jornada

Era una noche serena, apacible. La luz de la luna[6] caía de lleno sobre el campo imprimiéndola a todos los paisajes un sello de melancolía inefable. Muchos años han pasado desde aquella noche en que descargó sobre la comarca una tormenta memorable.

Luís y Emilio son ya dos débiles ancianos que después de haber estado separados toda la vida y no verse desde su más tierna juventud en que abandonaron la casa paterna por el irresistible deseo de recorrer el mundo, se han citado en su antigua casa para tener el gusto de abrazarse y cambiar sus impresiones.

Al encontrarse los dos hermanos en aquel mismo aposento que habitaban cuando eran niños, lloraron.

Sus padres, sus hermanos, sus amigos, todos habían muerto. En torno de sí parecíales distinguir no más que una hecatombe.

Luís y Emilio colocaron el mueblaje de aquel aposento en la misma disposición que se hallaba aquel día en que lo habían abandonado. De esta manera procuraron hacer más vivos y más tiernos sus recuerdos. También pusieron la lámpara sobre la mesa y abrieron un libro de corte dorado: *Las mil y una noches*. Emilio comenzó a leer en voz alta; pero no leyó más de dos páginas. Aquel libro le parecía monótono, sarcástico, frío: y le cerró de una manotada nerviosa.

—¿Y de qué modo pasaremos estas primeras horas de la noche? interrogó Luís.

---

6   Dice «una» en el original.

—Pues contémonos ya las impresiones que hemos recibido durante nuestro viaje por el mundo, propuso Emilio.

Y así lo hicieron.

Luís empezó a contar sus aventuras y Emilio le escuchaba con atención suma.

Y cuando concluyó Luís, miróle fijamente el rostro muy asombrado Emilio, y le dijo:

—Luís ¡si tú usas un lente blanco!

Tocó su turno a Emilio y cuando concluyó, más asombrado aún Luís, reparó atentamente el rostro de su hermano, y exclamó:

—Emilio ¡si tú usas lentes negros!

V
Lo que desde entonces sucede

A media noche se abrió de golpe la ventana. Y volvió a aparecer bajo su dintel aquel grupo del ángel y demonio que luchaban. Después de una corta refriega, en que se convencieron de que tenían ambos iguales fuerzas, entraron en la habitación, donde se hallaban sumidos ya en sueño profundo los dos hermanos.

El ángel se dirigió a la cama de Luís y el demonio a la de Emilio.

El primero recobró su lente blanco; y el segundo su lente negro.

Después se retiraron.

Enterados los demás ángeles y demonios de las bromas de sus compañeros han dado en la manía de repetirla desde entonces. Casi todos los hombres llevan en sus ojos –invisibles desde luego como cosa proveniente de los espíritus del cielo o del infierno– uno de aquellos lentes. ¡Felices y dignos de envidia los que los llevan blancos! ¡Desdichados los que les toque mirar por el lente negro!

Sin embargo, hay lentes, que por equivocación al hacerlos, tienen un vidrio blanco y otro negro: el que los usa lleva la ventaja de contemplar el mundo del color que quiere; si lo quiere ver todo negro cierra el ojo que mira por el lente blanco; y el opuesto, o el del lente negro, si lo quiere ver todo de color blanco. Pero sucede que como casi todos mantienen abiertos ambos ojos ven el mundo de un color indefinible, algo gris.

Hay otros que no necesitan usar estos lentes, porque no ven el mundo de ningún color: padecen de cataratas.

Ramón Meza

Dos opiniones

La lluvia continuaba. El cielo, anubarrado, sombrío, surcado de vez en cuando por vívidos relámpagos, parecía dispuesto a no ceder el campo al bien amado de la tierra, al sol. Herméticamente cerrados los cristales del balcón; medio adormido en la mortecina luz de la tarde que espectralmente alumbraba, mejor dicho, oscurecía el cuarto; arrojado sobre un sillón y olvidado del cigarro que en tenues espirales de humo consumía su existencia, contemplaba yo, aburrido, a través de los claros vidrios, el monótono caer de las agujas frías de la lluvia. No pensaba en nada; solamente una ligera necesidad de salir –efecto, sin duda, de la prohibición impuesta por el agua– se mezclaba a mi hastío, dulcemente inquietadora.

Es tal en nosotros la necesidad de ejercer nuestra fuerza activa, intelectual o física, aun en medio de la ociosidad, que instintivamente la empleamos. Los ojos, nunca ociosos, parecen querer hallar en torno suyo algo a que asirse, que los fije, que distraiga, en algún modo, su vago aburrimiento. Cuántas veces, en esa somnolencia del espíritu que responde al reposo cansado del cuerpo, cuando nada se anhela; en ese mutismo de piedra, sin recuerdos, sin esperanzas ni noción alguna, se fijan los ojos, sin querer, en algo que parece contemplar indiferente, pero que sin embargo, poco a poco, satura, empapa y envuelve lentamente al alma haciéndola salir vibrante de su limbo opaco, tenebroso o sombrío. Como quien despierta de un sueño, el alma entonces va haciéndose cargo lentamente de lo que han contemplado los distraídos ojos y o rechaza, por banal, la observación anotada por la retina o se pierde –risueña o triste– en el mundo de ideas que despierta en la mente el objeto contemplado largo tiempo por la mirada y aceptado por la razón.

El agua, torrencial y sordamente áspera al rebotar contra el suelo, rimaba con arrulladora armonía mi descuidada pereza. Cayó el cigarro de mis dedos sin que el roce del papel al dar contra el suelo sacudiese mi abstraído espíritu. Mis ojos vagaron nostálgicos y soñadores por la blanca pared cortada hacia el centro por el hueco que traza el balcón y se detuvieron sobre un sencillo marco que encuadraba un retrato. ¡Era el de *ella*, la inolvidable, cuyo cuerpo reposa, allá lejos, bajo la fría tierra y cuyo recuerdo siempre vivo, siempre puro, vive en el fondo de mi alma, otro sepulcro!

*

*   *

Ana María –mi muerta adorada,– fue la pasión de mi adolescencia, y es aun, ¿por qué no decirlo?, la pasión de mi juventud. Mi primer paso en la vida fue acompañado por la sombra de ese dulce ángel guardián a quien Dios, siempre bueno, devolvió un día sus alas.

Ana María no era bella, con esa belleza que provoca y aguija el deseo, cegando el juicio y trastornando el pensamiento; no. Ella se parecía a ciertos retratos de Hipólito

Flandrin;[7] a esas figuras de una modestia y de una gravedad tan encantadora que hacen soñar en una vida interior,
en virtudes cristianas, en méritos ignorados y exquisitos.
Ella tenía la puerilidad conmovedora del *pas encore*;[8] su
dulzura, su gracia, su exquisita ingenuidad atraían tierna-
mente al alma; su cuerpo fino, ondulante y grácil en sus
menores movimientos, la hacían semejante a la rama verde de un joven rosal que el viento, en sus caprichos, biza-
rramente agita. Su frente, estrecha como la de una estatua
griega, dibujada hacia las sienes por imperceptible red de
venillas azules como un mármol toscano, era digno rema-
te de aquel óvalo blanco y terso como el marfil nuevo; su
cabellera espesa, rubia, siempre anudada y trenzada sobre
su cabeza, parecía cubrirla con un casco de oro y sus ojos
eran tan trasparentes que los hubierais tomado por dos gotas de rocío, algo azules, en el estrecho cáliz de los párpados. Ivon, entre sus bellos *fusains*, tiene algunos que pue-
den dar ligera idea del rostro que hoy evoco y pretendo
arrancar de la memoria para esbozarlo (inútilmente, ¡ay!)
en las cuartillas.

    ¿En qué lengua narrar aquellas conversaciones que no
lo eran, aquellos deliciosos diálogos que el capricho entre-
lazaba y rompía sin que ninguno de los dos pudiera preci-
sar en el momento de la despedida, lo que se había dicho?
¡El *adiós, hasta luego*, pronunciado por los labios trémulos,
repetido por la larga mirada en la que parecía caer como
una niebla la amorosa tristeza; el último encargo, siempre
el mismo, trivial y sublime; la embriaguez de la dicha ali-
gerando el paso del que retorna a su hogar con el mañana
fijo en el corazón, el mañana que reanudará al ayer su in-

---

7   Jean Hippolyte Flandrin (1809-1864) pintor de temas religiosos y estilo
    neoclásico de origen francés.

8   Frase de origen francés que significa «todavía no».

terrumpida cadena, soldándola fuertemente con anillos de flores, de esas flores que nada marchitan, porque el recuerdo es el rocío y la constancia es el sol que las dora en la vida!

¡Ah! y de toda esa dicha, de todo ese poema encantador, de ese rostro sobre el cual parecían inclinarse los ángeles celosos de la dicha de un mortal, de toda esa juventud, pureza, gracias e ideal supremo, solo queda un recuerdo en mi memoria, un despojo mancillado por el gusano y una cartulina de rasgos apenas perceptibles, que un rival invencible, el tiempo, borra impío, con su pulgar indiferente!

La lluvia arrecia. Fuertes ráfagas frías arrastran pesadamente las tardas nubes que se deshacen en agua. El fuerte puño de la tempestad parece empujar los cristales que amenazan saltar de sus mallas de plomo en el ancho balcón. Del montón de recuerdos que en el tropel invaden mi cerebro se destaca uno que sube, sube, sube y flota exigiendo imperiosamente a mi memoria toda la atención. Es un detalle, pero domina el conjunto y parece coronarlo. Así en medio de una estruendosa sinfonía de acorde perfecto, una nota, de pronto, aguda, rápida y brillante, como una flecha de luz, surge vibradora y parece lanzarse hasta el cielo en ascensión triunfante. Lo que voy a contar es un hecho vulgarísimo, una satisfacción de amor propio, nimia e insignificante, pero que fue más halagüeña y más decisiva para mi carrera artística que el aplauso popular alcanzado, en parte, después.

Yo sentía cantar en mi oído desde algunos meses la rima impaciente, esa bárbara querida que se acerca cautelosa a sus tristes elegidos y en un momento inesperado, con frenesíes de bacante, imprime sus labios en los del pobre mártir de la vida y se los marca para siempre con el sello infame y divino. Una noche la triste y sublime boda tuvo efecto. La Musa, ardiente y loca, me estrechó en sus brazos, quemó mis labios, rugió en mis venas, cantó –¡sirena!– en mi oído y al rayar la aurora había un[9] galeote más en ese gran presidio que se llama el Arte. Loco de alegría, orgulloso como un César, entro en casa de Ana María y le leo las estrofas escritas en horas de fiebre e insomnio.

—Publícalas! –gritó, sofocada por la emoción que agrandaba aquellos ojos de claridades eternas. – Pero antes, vuélvemelas a leer! Son tan hermosas!....

Ortega Munilla[10] acababa de ser nombrado director de *Los Lunes* de *El Imparcial*, periódico á que estaba suscrito el padre de Ana María. Ortega recibió mis versos y a los tres días aparecían en el popular diario.

Me pasé el día leyendo y releyendo los versos, como si no fueran míos, con un amor y una ingenuidad, ridículos realmente. Yo pensaba en Ana, en su gozo de ver publicada mi composición, que –lo confieso ingenuamente– me parecía sublime. (Las letras de imprenta son las aduladoras por excelencia).

Entré en un café para hacer tiempo –pues aún era temprano para ir a casa de Ana– siempre con mi *Imparcial* en el bolsillo. Eran las cuatro de la tarde.

—Señorito, *El Mundo Moderno*,[11] fresquecito, acaba de salir.

Compré el periódico, porque sí, como hubiera comprado *El Cencerro* o *El Puntillero*, por ansia de gastar, por

---

9   Dice «nn» en el original.

10   José Ortega Munilla (1856-1922), escritor español, nacido en Cuba. Padre del filósofo José Ortega y Gasset. Esta historia, según Valdivia, ocurrió en España, durante el tiempo que él vivió allí.

11   Diario de la tarde que dirigía Sánchez Pérez (nota en el original).

hacer feliz al pobre chico, flaco, raído y enfermo que me lo ofrecía.

Desdoblé el número y comencé a leer títulos y firmas. De pronto un terror loco se apoderó de mí y toda la sangre subió a mi cabeza. En un artículo largo, siniestro, burlón, implacable, Clarín, el crítico más leído de Madrid, destrozaba mi poesía. En frases de desprecio olímpico, párrafos de una burla corrosiva, donde los giros del lenguaje hacían muecas y parecían sacar la lengua a algunas estrofas copiadas en prueba de lo que él afirmaba, vertía el crítico la amarga hiel del sarcasmo bautizando al pobre hijo de mi fantasía destrozado sin compasión en aquella picota expuesta al público. Lágrimas cayeron de mis ojos sobre las negras columnas del diario, olas de vergüenza empurpuraron mis mejillas y zumbidos de un desvanecimiento próximo corrieron por mis oídos. Cuando algún individuo desde una mesa próxima me miraba, yo bajaba el rostro, hasta hundirlo casi en el periódico, como temiendo que me conociera y burlonamente me repitiese las candentes frases del aristarco. De pronto pensé en Ana.

—¡Ella también se burlará! –murmuré enternecido. –Sus puros labios, nido de risas celestes, se entreabrirán con el horrible rictus de la burla que hiere poco a poco y destila veneno sobre la llaga que abre. No, no volveré a verla. Basta de humillación.

Pero el amor, como siempre, triunfó.

—Quizá no haya visto el artículo, –me decía yo, cerca ya de la casa de Ana María. –Yo le hablaré de él, le diré que no le ha gustado a Alas... o mejor, no le diré nada...

Pero ¡ah! –murmuraré angustiado,– Luisa, su amiga

íntima, lo recibe y, estoy seguro, se lo ha enviado. No entro.

Y entré. Mis pies vacilaban al penetrar en la sala. Ya no me acordaba de Clarín, ni del público que con sus burlas celebraría el artículo y mofaría mis rimas... ya todo mi temor era el rostro de Ana que sin duda, manchado por la befa, apenaría para siempre mi alma.

Como un escolar cogido en falta se presenta trémulo y abatido ante la férula del terrible maestro, así me presenté yo a Ana María, quien sentada y con un bastidor en el regazo bordaba una rosa en el extendido pañuelo.

La saludé con la cabeza sin atreverme a hablarla, ni a mirarla, pálido, encorvado, esperando el hachazo.

Ella debió comprender mi angustia, pues con su voz tierna, adorable, que aún vibra en mis oídos, me dijo, como siguiendo una conversación:

—Sí, he leído el artículo... pero no importa! Vuélvela a leer. Son tan hermosos esos versos!....

Y una sonrisa de íntimo gozo, de triunfal orgullo, iluminaba aquellos ojos tan transparentes que los hubierais tomado por dos gotas de rocío, algo azules, en el estrecho cáliz de los párpados.

Aniceto Valdivia

Un cuento de Francisca

En *aquellos tiempos* tenían mis padres una esclava. Francisca *entró en casa* cuando yo contaba unos ocho años. Pocos corazones he encontrado en mi camino por la tierra tan excelente como aquel, así es que muchas veces, pensando en ella y poniéndola en cotejo con personas de mi raza, me vienen en el acto a la memoria los conocidos versos de nuestro más delicado poeta, que dicen:

«¡Qué blanca es la señorita!
¡Qué negra su pobre esclava!
Más si salieran al rostro
Los colores de sus almas,
¡Qué blanca fuera la negra!
¡Qué negra fuera la blanca!»[12]

Además de ser tan buena y de poseer a perfección todos los conocimientos que constituyen una inmejorable criada, tenía Francisca otra cualidad especial, a la que en mis pocos años daba yo más precio que a todo lo demás. Era notabilísima narradora de cuentos. Su caudal no se agotaba jamás ni su paciencia para repetírmelos. Así, andaba yo siempre cosida a sus faldas, pidiéndole que me concluyese el cuento comenzado uno o dos días antes, o que, no bien acabado uno, principiase otro. En los que más se complacía, y los que a mí también me gustaban más, era en los de magia, que ella llamaba *de arte*. Los variaba de mil maneras, los alargaba o acortaba, según el tiempo que

---

12   Los versos pertenecen al poema «Cambio de colores» del poeta cubano
      Diego Vicente Tejera (1848-1903).

podía dedicarme; en fin, después me ha confesado que muchos de ellos los iba componiendo a medida que los narraba, y, con cierta vanidad que yo antes no le conocía, me ha referido que en la Habana (estábamos entonces en Puerto-Príncipe) apostaba con una señorita que tenía el libro de *Las mil y una noches* a cuál de las dos contaba más, y que ella, sin libro –pues la pobre no sabe leer,– había vencido a la señorita.[13]

Nunca he olvidado el deleite con que escuchaba a Francisca, y cuando ahora, al cabo de tanto tiempo, se me pide que escriba un cuento para las columnas de *La Habana Elegante*, yo, que deseo tanto complacer a sus amables redactores, pero que, a pesar de mi antigua afición a historias maravillosas, jamás he sabido inventarlas, por decir siempre la verdad lisa y llana, sin tener siquiera el buen gusto de adornarla con algunos graciosos accesorios, no hallo más recurso que el de apelar a mi memoria, procurando recordar un cuento de Francisca. Bien sé que no saldrá con el interés que ella les daba, merced, al cual lograba tenerme colgada se sus labios horas y horas; pero trataré de imitarla en cuanto me sea posible.

En un país... (Francisca no sabía nada de geografía y sus historias pasaban siempre en el mundo, en la gran patria); pues bien, en un país estaban una vez los hombres en guerra, guerra furiosa, sin cuartel. Unos habían tomado divisas verdes y los otros rojas, y se distinguían por los rojos y los verdes. Decían estos que aquellos, ya por fuerza, ya por maña, conseguían todos los destinillos, que después de conseguirlos, desempeñábanlos mal, que no los dejaban respirar a ellos, y qué sé yo cuántas cosas más. Los otros se

---

13   Resulta interesante esta comparación ya que en *Las mil y una noches*, Scheherazada debe contar historias para que el rey no la mate. Esta relación de poder se repite entre el amo y el esclavo.

hacían los suecos, digo, los sordos, que Francisca no sabía de nacionalidades, y seguían en sus trece; y por estas y otras bagatelas vinieron a las manos, y nadie quería ceder, y ya la tierra estaba manchada de sangre, que partía el alma verla, porque era una muy hermosa tierra, con muchos ríos y arroyos, y unos árboles muy bonitos, con el tronco muy alto y muy derecho y las hojas en forma de palmas, y otros árboles de mucho ramaje, que siempre estaban verdes y daban unas frutas muy sabrosas. Y tenía lomas, que de lejos parecían nubes oscurísimas, y cuevas con las paredes y los techos y los pisos abrillantados, y su cielo era muy azul y muy claro y muy bonito, y en fin tenía tantas cosas lindas aquella tierra, que sus hijos y hasta sus hijas estaban enamorados de ella, y siempre le estaban diciendo mil piropos en verso, porque les parecía que la prosa no servía para celebrarla.

En aquella tierra, pues, se estaban matando; y sin embargo, pasaban cosas muy buenas, y decían los más cuerdos que se debían contar y hasta escribirse en los papeles, vinieran de quien vinieran, para que sirvieran de ejemplo, y para dar muestras de imparcialidad y de justicia, porque de este modo, cuando se quejen de algo malo, se vea que han de tener razón; y entre esas cosas buenas, una de las mejores era la historia de un capitán, de quien decían todos que cuando le veían comprar ropas y vituallas y repartirlas entre los verdes y los rojos que él consideraba más hambrientos y desnudos, les parecía que estaba dándoles los pedazos de aquella alma tan buena. Y después dicen que se quedaba como si no hubiera hecho nada, creyendo que nadie tenía que agradecerle cosa alguna.

Este capitán, que era de los rojos y se llamaba Almogueras, quería con un amor muy singular a una muchacha del bando verde, a quien todos, y él con más veras que otro alguno, llamaban Amada. La quería allá en el fondo de su alma, con tal secreto y tal veneración, que jamás venía a sus labios una palabra ni a sus ojos una mirada que expresara lo que sentía. Su amor no pedía correspondencia, porque Almogueras era feliz con ver a Amada y con sentir que aquel afecto tan puro le llenaba todo el pecho. Otra particularidad tenía aquel capitán. Decían todos que era un republicano atroz, pero lo decían como en secreto, y esto me hace presumir que aquel país no era república; pero yo no puedo decir qué clase de gobierno era aquel, ni cómo iba su administración ni sus costumbres, ni nada, porque Francisca dejaba todo eso indeciso, mejor dicho, sobre entendido, y yo no quiero poner nada de mi cosecha, limitándome a mejorar un poco el lenguaje, porque el de la pobre esclava no es para impreso. También debo advertir que sus personajes debían tener familia, pero que ella no hacía nunca mención más que de los individuos que entraban en juego, ni me describía las casas o los palacios donde vivían, como hacen hoy los novelistas, con tanto primor que parece que se ve lo que pintan. Todo eso lo dejaba ella en cierta vaguedad muy adecuada a los prodigios que refería, y muy a propósito para seducir almas infantiles. Algunas veces indicaba, como de paso, que el palacio en que estaba encantado el príncipe era muy hermoso y que todos los muebles eran de oro.

Volviendo a Almogueras, era un republicano tan extremado y tan raro, que, de sus generales abajo, a todo el mundo tuteaba, hasta a Amada, a quien él respetaba más que a una reina, porque decía aquel buen capitán que más mérito tenía la virtud de una muchacha que andaba por la vida expuesta a mil riesgos, que la de una princesa encastillada en su palacio, a quien nadie se atreve a levantar los ojos para mirarla a la cara, y que sin embargo... Almogueras no era mal hablado, y siempre dejaba eso así.

Y en verdad que pensaba justamente en lo que a Amada se refería, pues que su virtud no era de esas que se conservan porque no hay otro remedio. No señor. Amada podía darle un susto a cualquiera con su par de ojos negros, tan grandes y tan brillantes y tan dulces, que si los bajaba parecía que se dormía, y si los alzaba parecía que encendía una luz; con su cabellera oscura y ligeramente crespa, con su andar indolente y gracioso, y con su alegre risa que salía del corazón y que a todos comunicaba el contento, porque todo el mundo sabía que aquella sonora explosión no encerraba ni las malignidades de la burla, ni los regocijos de la envidia, al ver humillada a una rival. Cuando Amada sujetaba entre sus cabellos una encendida rosa —y lo hacía con mucha frecuencia— sus mejillas algo morenas reflejaban aquel color de fuego y se ponía tan preciosa, que Almogueras luchaba fuertemente consigo mismo para no caer de rodillas delante de su ídolo y adorarlo un buen rato.

No puedo decir si la figura del capitán correspondía a la de su amada. Parece que Francisca no daba gran precio a la belleza masculina. Ella no me decía de sus héroes sino que eran muy valientes y muy constantes enamorados, y yo suponía que eran también muy hermosos. No me aparto de su método ni de su relato, y dejo en libertad la fantasía del que lea este cuento para que se forje el tipo físico de Almogueras. Lo único que yo diré es que su alma era digna de tener por albergue el cuerpo de Apolo.

Como Amada era tan linda y tan juiciosa, tenía muchos enamorados que no se callaban como el capitán, a quien ella sólo quería como a su mejor hermano, sin sospechar siquiera de qué modo la amaba él. Entre aquellos enamorados le gustó uno, y la boda estaba concertada para un día de mayo, porque Amada era muy aficionada a las flores y quería casarse en ese mes que tiene tantas, pareciéndole que ellas serían un presagio de felicidad.

¿Quién puede pintar lo que pasó entonces en el corazón de Almogueras? Cualquiera creerá que los celos se lo destrozaron con sus aceradas puntas; pero quien quiera que lo crea se engañará. Aquella alma era excepcional en todo. Almogueras quería mucho al novio, porque éste quería mucho a Amada; se encontraba feliz, porque Amada iba a serlo, y al mismo tiempo sentía que su corazón estaba como bañado por un bálsamo que le comunicaba una tristeza muy honda y muy suave.

En esos días supo el capitán que Juanillo, un hermano de Amada, que a pesar de sus pocos años estaba en la guerra y peleaba como un pequeño león, había caído prisionero de los rojos, y lo peor del caso era que el jefe en cuyo poder se hallaba, resultaba ser un tal Zorrolobo, hombre que gozaba fama de feroz y, a lo que parece, muy bien ganada.

Cuando Almogueras supo la fatal noticia, dijo allá para su alma –pues ya sabemos que era con quien más hablaba: —«Ya tengo mi regalo de boda para Amada,» y sin despedirse de ella siquiera, montó a caballo y partió a escape con dirección al campo de Zorrolobo. Para llegar allá no había más remedio que pasar por el bosque donde estaban apostados los verdes; el capitán lo sabía y parece que su caballo lo adivinó porque se encabritaba y volvía la cabeza a un lado y a otro, sin hacer caso del freno que le maltrataba la boca, queriendo escapar por donde pudiera, al percibir cierto olorcillo de pólvora enemiga que él debía conocer muy bien; pero el jinete, prescindiendo por primera vez del trato mimoso que daba siempre a su soberbio moro-azul, le metió las espuelas hasta no más y le obligó a pasar rápido como un rayo por entre los enemigos, que no tuvieron tiempo para enviar siquiera un disparo a manera de saludo, a aquella visión, apenas columbrada, cuando desaparecida.

Almogueras llegó al campamento de Zorrolobo muy a tiempo, pues ya Juanillo estaba sujeto con buenas cuerdas y no se esperaba más sino que el jefe se retorciese el lado izquierdo de su largo bigote, señal que había adoptado para indicar que un alma debía pasar a otra vida mejor; y se dice que ese lado del bigote no se le destorcía ya nunca, de tal modo que las devotas del país (Francisca no hacía distinción de religiones, y las hadas andaban en sus cuentos mezcladas con los santos), apenas sabían que había caído alguno en manos de Zorrolobo, comenzaban a rezarle el credo.

El capitán se llegó al general y le dijo: —Vengo a pedirte a Juanillo— ¿A Juanillo? dijo Zorrolobo con sorna; querrás decir que vienes a enterrarle? —No; vengo a llevárse-

lo vivo a Amada. –No puede ser; es un prisionero de guerra; le he cogido con las armas en la mano. –Lo que no
puede ser es que Amada se muera si le matas a su hermano. Ven conmigo, muchacho.– Y diciendo y haciendo, de-
sató las ligaduras del prisionero, le ayudó a subir a la ca-
balgadura, se puso también encima de un salto y
desapareció por donde mismo había venido, dejando á Zorrolobo estupefacto, más sorprendido de lo que pasaba en
su interior, que del rasgo heroico que acababa de presenciar. Mi buena negra aseguraba que una hada muy benig-
na le había tocado el corazón a aquel mal hombre para que
Almogueras cumpliera su generoso designio, y aunque yo
no soy muy inclinada a creer en cosas maravillosas, no puedo menos de pensar que algo de sobrenatural hubo en esto,
porque Zorrolobo no fue bueno más que en aquel momento, y él mismo contaba, casi avergonzándose de ello, que
cuando el capitán puso al muchacho sobre el caballo, había sentido un toque suave en el corazón, que se le conmo-
vió todo, haciéndole experimentar sensaciones que él no
recordaba haber conocido ni en sueños.

Almogueras hizo volar otra vez a su caballo por entre
los enemigos, y llegó jadeando a casa de Amada. Para no
impresionar a ésta demasiado, entró solo. En la casa había
mucha gente. Amada estaba vestida de blanco, tenía una
corona de azahares sobre su hermosa frente, y sus grandes
ojos despedían extraños fulgores. Estaba divina. El novio,
radiante de alegría, estrechaba una de sus manos.

Almogueras llegó hasta ella, y con voz en que no se
podía definir ninguna impresión, porque parecía que en
ella se mezclaban las inflexiones que la comunican todos

los sentimientos grandes y buenos, dijo a la joven: – Amada, te traigo mi regalo de boda: Juanillo está aquí. Amada exhaló un grito, y se precipitó en brazos de su hermano, que apenas oyó pronunciar su nombre, había entrado todo trastornado, diciendo con voz entrecortada por sollozos: –Me ha salvado la vida... sin hacer caso de la suya... Zorrolobo me había hecho prisionero... –Amada tembló al saber el riesgo que había corrido su hermano, y alzando sus ojos llenos de lágrimas, los fijó en Almogueras con tan suprema expresión de afecto y de gratitud, que éste también sintió rodar dos lágrimas por su rostro; pero dos lágrimas nada más, gruesas y silenciosas. En ellas desbordaba la plenitud del amor y de la felicidad; y cuando el capitán se inclinó para besar la mano que Amada le ponía sobre los labios, cayeron, milagrosamente unidas en una sola gota, sobre los dedos de la desposada, como un diamante de invisible anillo, símbolo de otro desposorio purísimo y eterno.

Almogueras salió de la casa, y jamás volvió a saberse de él; pero siempre que Amada se quedaba sola, volvía a aparecer en uno de sus dedos una gota que brillaba mucho más que un diamante; como un bellísimo lucero, y Amada tenía por cierto que era el alma de Almogueras que venía a visitarla.

Aurelia Castillo de González
Habana, 14 Febrero 1887

Cuento viejo

Allá por el año de 1830 en un café de los más concu-rridos en la ciudad de Nueva Orleans, se reunían todas las noches tres jóvenes de humor alegre y pendenciero, que traían en continua zozobra a los demás parroquianos por sus chanzas y burlas de mal género.

En aquella época, fue Nueva Orleans famoso refugio de duelistas. En busca de mejor fortuna concurrían a la mencionada ciudad emigrantes de todas partes, así es que abundaban allí los aventureros, y con ellos las pendencias y desafíos porque muchos vivían de barato, como suele de-cirse vulgarmente, y bajo el más fútil pretexto le armaban a cualquiera una San Francia con el exclusivo objeto de sa-carle dinero si no quería batirse, ni más ni menos que los salteadores de camino al proponer el dilema de «la bolsa o la vida». Todavía se recuerdan con júbilo los castigos que impuso allí a tanto bandido el cubano Pancho Senmanat, de cuya trágica existencia y muerte se apoderó la leyenda.

¡Cuál no sería el efecto producido en las imaginacio-nes de la época por las aventuras de Nueva Orleans, que tenían resonancia en la América toda, cuando han llegado frescas a nosotros por la tradición, y nos impresionan to-davía! La seguridad personal, la propiedad, el honor, eran allí un mito. La voluntad del más fuerte se imponía en el terreno con la espada.

Justo será consignar que los jóvenes de nuestro cuento no eran malvados de la catadura de otros que en la ciudad dominaban. Ellos vivían alegremente, se habían impuesto, por su valor y su unión, a los guapetones del barrio de aquel café y como el resultado final de sus duelos fueron algunas cuchilladas bien repartidas, el público los respetaba y más de un valentón hubo de tolerarles bromas pesadas. Por la noche los tres concurrían al café, únicamente para divertirse a costa de los demás y, dicho sea de paso, lograban siempre su objeto.

También concurría al mismo lugar un viejo que ya parecía rayar en los sesenta años, única persona que durante dos meses los impertinentes mozalbetes habían respetado. Era alto, delgado, serio y, a pesar de su edad, denotaba un vigor físico poco común. Su aspecto grave imponía respeto y sus canas parecían haberlo puesto fuera del alcance de las burlas de los tres terribles bromistas. Todas las noches, el viejo, modesta pero limpiamente vestido, llegaba al café y se sentaba junto al piano que había en un rincón y que tocaba ramplonamente cierto músico para divertir a la concurrencia. Sobre el piano estaba casi siempre un periódico, y aprovechando una de las velas que alumbraban al pianista, leía el papel, desde su título hasta el pie de imprenta, terminado lo cual saludaba con cortesía a la concurrencia, después de guardar en el bolsillo de la levita sus enormes espejuelos, y se retiraba sin hablar con nadie. Los escándalos de los jóvenes parece que nunca llamaron su atención. A cada rato se armaba en el café una de botellazos y palos, promovida por ellos y apenas si en medio del escándalo el viejo levantaba la vista del periódico para enterarse de lo ocurrido.

A los dos meses de esta vida ya el café se iba quedando sin parroquianos, y el dueño veía con odio a los tres jóvenes que le espantaban la concurrencia, si bien es verdad que se guardaba mucho de decirles una palabra por temor a una paliza, lo menos que podía esperar de aquellos desalmados. Ellos también ya no encontraban casi con quien meterse porque los que iban al café estaban curtidos de aguantar sus majaderías, y ni de milagro asomaba por allí una cara nueva. Así es que una noche, cansados de hacer que el uno les limpiara los zapatos, el otro les sirviera el refresco y abusos de ese jaez, decidieron entablar riña con el viejo asombrándose de que hasta entonces hubieran respetado la seca figura de aquel anciano. Apenas llegó éste y había leído las primeras líneas de su periódico, uno de los jóvenes se le acercó haciendo contorsiones grotescas y de un soplo le apagó la vela. Todos en el café se pusieron de pie anhelantes para contemplar la escena.

El viejo miró tranquilamente al majadero, sacó un fósforo, lo rayó, encendió de nuevo la vela, y siguió leyendo impasible. Los provocadores comenzaron a reírse y el segundo se adelantó, cogió la vela y la puso en una mesa que estaba al otro extremo del salón. El viejo fue a buscar la vela, la trajo de nuevo al piano, la colocó en su lugar y siguió leyendo como si tal cosa. Entonces el tercero no tan sólo le apagó la vela, sino que le arrebató de las manos el papel haciéndolo pedazos. Ante un insulto semejante el anciano se puso de pie y entregó su tarjeta al insolente.

—Señores, dijo, os reto a los tres. Dentro de media hora tendréis mis padrinos en este lugar.

Dichas tales palabras salió con el mismo paso de todas

las noches y nadie hubiera sospechado, al verlo tan natural como siempre, que acababa de pasar un gran disgusto.

Desde que el viejo salió, comenzaron a venir amigos de los jóvenes a enterarse de la ocurrencia y a brindárseles como padrinos. Unos celebraban el hecho, otros se reían. Como el viejo era entonces la parte débil ni una sola voz se levantó entre ellos, para defender la justicia de su causa.

A la media hora indicada, llegaron al café dos hombres de porte decente, que se dirigieron a los ofensores en estos términos:

—Señores, somos los padrinos del señor X. ¿Con quién debemos entendernos?

Los interpelados señalaron a dos compañeros suyos y se fueron.

Corta resultó la entrevista. El señor X pedía batirse con los tres por el orden gradual de las ofensas. Como ofendido proponía dos armas a elección de los contrarios: espada y sable. Dos de los ofensores eligieron la última y otro la primera. El lance se concertó para la mañana siguiente en uno de los valles que rodeaban la ciudad. Nadie en la población, que a las pocas horas se enteró toda del suceso, daba dos ardites por la vida del anciano. Los jóvenes tenían a su favor la fuerza y la destreza, en opinión de la mayoría, porque sus lances anteriores los habían acreditado de hábiles en el manejo de las armas.

Sin embargo, se despertó una gran curiosidad por ver el desafío y a las seis de la mañana ya estaba el lugar de combate invadido por un público numeroso ávido de presenciar el espectáculo. Llegaron primero los tres jóvenes y sus padrinos y después el viejo con los suyos. El primer encuentro fue el concertado á espada y todos esperaban que sería el único. La muerte del viejo la daban por segura.

—Señores, dijo éste, cuando ya estaban colocados en sus puestos. Antes de comenzar quiero advertiros que al señor que me apagó la vela, he de cruzarle la cara de un latigazo para que se acuerde siempre de su insulto. Al segundo señor que se atrevió a quitármela, he de cortarle la mano por su osadía, y al tercero he de matarlo. Un murmullo general acogió estas palabras. Ya algunos comenzaron a creerlas.

Se dio la señal y principió el combate. Irritado su contrincante por las palabras del señor X apenas cayó éste en guardia, lo atacó violenta y descompuestamente, mientras que él paraba los golpes con gran serenidad sin contestarle ninguno. De repente, al tenderse una vez a fondo el joven, hizo el viejo un movimiento de rotación con la muñeca, y la espada de su enemigo saltó por el aire dando varias vueltas, mientras que simultáneamente al desarme le daba un tremendo latigazo que le ceñía la cara transversalmente. Primero se le marcó en el rostro una línea roja, enseguida brotó la sangre.

—¡Alto!... Gritaron los testigos. El viejo bajó su arma y los médicos se llevaron al joven a un arroyo cercano para lavarle la herida, que era vejaminosa porque tal parecía que el señor X desdeñaba herirlo de punta con su espada. En esto ya había comenzado el segundo combate a sable. Era con el que había arrebatado la vela. Aleccionado ya por el suceso de su compañero, determinó éste ser más prudente; conservarse fuera de distancia y cansar al anciano. Con no poco fundamento sospechaba él, que aquellas piernas de sesenta años, que acababan de sostener un combate rudo, no podrían soportar otro por mucho tiempo. Una vez que lo tenga cansado, se dijo, ya es mío: no podrá resistir a mi ataque. Con semejante plan de pelea se mantuvo a la defensiva. El viejo tomó el ataque, y extendió el brazo para amagar una estocada. El joven acudió al quite, pero retrocedió también un paso. Después de este movimiento, el viejo conoció el sistema de su contrario y comprendió que estaba perdido. Cinco minutos más no le hubieran sostenido sus piernas. Por lo cual se decidió a un supremo esfuerzo y se lanzó sobre su enemigo arrostrando el todo por el todo. Pero el joven continuó retrocediendo con la misma rapidez que lo atacaban y el viejo a los ocho pasos tuvo que suspender el avance. Sus piernas comenzaron a temblar, su brazo quedó inmóvil, su respiración fatigada era prenda segura del cansancio. Su enemigo creyó el momento oportuno. Rápido como una saeta, salió de la línea de combate y levantó su arma para descargarla sobre la cabeza del anciano. Centelleó el acero en el aire, descendió silbando y se oyó un chasquido como el que produce en las carnicerías el hacha que cae sobre los huesos. Un grito de horror salió de todos los pechos. El señor X estaba de pie, sereno como siempre. A los pocos pasos se veía en el suelo un sable y una mano cortada que agarraba la empuñadura. El joven a la derecha, caía desmayado por el dolor y el espectáculo espantoso de su brazo cercenado por la muñeca y arrojando un chorro inmenso de sangre.

Lo que sucedió fue que el viejo no estaba cansado cuando sus piernas flaquearon aparentemente; pero unos cuantos minutos después aquel temblor hubiera sido real.

Comprendiéndolo el astuto combatiente, fingió su extenuación y logró que de esa manera su inexperto adversario adelantara su ataque cuando todavía él tenía fuerzas para vencerlo. Al levantar el joven su arma, el viejo hizo un movimiento muy conocido entre los tiradores, *tomar el tiempo*, y en vez de llevar su filo al filo contrario para el quite, hirió con fuerza la muñeca del otro antes de que el sable de éste cayera sobre su cabeza.

El tercero de los combatientes del señor X, aquel a quien tocaba morir, se le acercó y le dijo:

—Señor, ya doy mi muerte por segura. Perdonadme la vida y admitid mis explicaciones.

—Las admito, contestó el valiente vencedor. Después de todo sois el más castigado por vuestra propia cobardía. Y nunca olvidéis, señores, este hecho, continuó dirigiéndose a la multitud que lo rodeaba. Yo soy el maestro de armas más antiguo de América. Cansado del trabajo he venido a este pueblo a pasar mis últimos años y estaba bien ajeno de que al cabo de ellos tendría que batirme. Lamento bastante lo sucedido, pero me felicito a la vez, porque si yo hubiera salido herido, estos dos señores (añadió señalando a sus padrinos) que son mis mejores discípulos, y manejan las armas mejor que yo, hubieran matado a aquellos tres jóvenes que no merecen más castigo que el suficiente que han tenido.

La multitud cobarde que se reía del anciano antes del duelo lo llevó a la ciudad en triunfo.

JUSTO DE LARA

Las medias naranjas

Érase que se era, y no sé dónde, ni al caso importa; era-
se que se era un lugarejo a orillas de un río y a la otra margen naranjos y limoneros en consorcio íntimo, parecían
mirar hacia el lugarejo como burlándose de su única calle,
que comenzaba en la Iglesia y concluía en el cementerio.

Después y en torno de todo, la naturaleza esplenden-
te, sin traba del cielo, ni leyes de la tierra: la selva virgen y
oscura, estrechando poderosamente las ramas de sus árboles como para impedir el paso del hombre.

Y hace al cuento saber que vecina a la selva se alzaba
una cabaña en que vivía un hombre. Era el tal, joven y
apuesto, trovador de oficio, que desde allí contemplaba el
cielo, las nubes, el verde y lozano prado, la oscura y misteriosa selva.

Comer y beber, inconvenientes son de ogaño, que por
entonces no yantaban cosa las gentes, cuanto más los que
cantando viven y hacen de las ajenas bellezas, manjar sa-
broso y nutritivo pasto para *cabezas algo más vaca que car-
nero* y corazones algo más estopa que afectos.

Todo ello háceseme raro: pero así los contaba mi abuela al mover de la rueca y al calor del hogar y no hago otro
que decirlo: por ello es que mi abuela predijo que al fin y
al postre hablaría por boca de ganso.

Y los había en la laguna que repasaba la selva de la
choza: habíalos auténticos, como los que aquí vemos, con

sus plumas y todo; aquellas convidando a escribir, lo demás al ejemplo.

Pues allí, junto a los gansos pasábase el trovador las noches y los días, ayuno de beneficios y ahíto de necesidades, tañendo un bandolín y entonando endechas a la su *dulce sueño y reina de sus desventuras* y otras flores de guardarropía. Cantaba y tañía el trovador y dábale de tal suerte y con tal fuerza la de las desventuras que los gansos huían, la laguna temblaba, silbábale la brisa y murmuraba la selva mirándole:

— ¿Qué tiene ese hombre?

— Un poeta que canta, repuso la laguna moviendo sus ondas, como si retozase.

— Creílo un doliente.

— Y lo es.

— ¿Qué padece?

— Amor.

— ¿Y qué es eso?

— Eso......y aquí la laguna, como dudando, se dejó arrastrar por la brisa que enviaba la selva y llegó hasta los pies del trovador; eso, siguió diciendo......no sé lo que es...

— Calla, que ya canta.

Agolpósele al poeta una marejada de inspiración y abriendo la boca dio suelta a lo que verá quien leyere.

> ¡Oh genio de la noche...!
> Acude en mi favor;
> y llévenme tus alas
> a brazos de mi amor.

Abrióse á este punto la selva, agitóse dulcemente la laguna, alzóse algo el río, moviénrose limoneros y naranjos y apareció un ángel, flotando la túnica que en pliegues le colgaba desde los hombros y sosteniéndose en las blancas é inmensas alas.

— Aquí estoy dijo al poeta.

— ¿Eres el genio de la noche?

— No.

— ¿Por qué vienes no siéndolo?

— Porque soy el Ángel de tu guarda y hártanme de pena tus quejas, conmuévenme tus dolores y quiero salvarte. El genio de la noche, que tú dices, hácelas una tras otra sin descanso y no ha de dejar al mundo huérfano de sombras por tu antojo.

Entróle aquí un soponcio al poeta y dando una gran voz, como las que daba Don Quijote siempre que se sentía en ganas de quejarse, exclamó:

¡Válgame[14] Dios, cuitado
de mí, que no he podido
que el genio de la noche
esté conmigo!

Frunció el ceño celeste el ángel al escuchar tamaña grosería y batiendo las alas se puso en lo alto y contestó al poeta:

— Chico, estás muy grave. Arréglate como puedas, que yo te dejo.

Dióle al poeta en la nariz algo como un tufillo de esperanza que se desvanece y haciéndose el bandolín, como de tabla en naufragio, punteó unas notas y cantó:

---

14   Dice «válame» en el original.

Mas llega generoso
el Dios Omnipotente
el poderoso
aliento de clemencia,
con el ángel que guarda
mi existencia.

Malos son los versos, hijo, contestó el ángel cambiando el viaje y tornando junto al poeta, malos son pero te perdono en gracia del buen deseo. Me conforma la componenda y aquí estoy otra vez. ¿Qué te aflige? ¿Qué quieres?

— Casarme.

— ¡Pobre enfermo! Cásate.

— Cásame tú, que para eso te llamo.

— Válgame Dios, Nuestro Señor. – ¿Para eso quedamos los ángeles en el cielo y los genios, el de la noche incluso, en el meollo de los poetas? Vaya un turno honroso que me reservas.

— Quiero que me busques novia.

— ¿Y esa, la de tu dulce sueño por quién suspiras?

— Esa no existe: canto a lo desconocido y me aflijo por lo que pudiera sucederme.

— De modo que tus penas son ilusorias.

— Claro.

— Y estás tan flaco, que da grima. Bueno. ¿Y, cómo arreglaremos tu matrimonio? Dime tu ideal soñado.

Valiera más que el ángel no llegara a tal punto. Revolviéronsele al poeta, allá por los escondrijos en que moran, todas las aspiraciones y esperanzas y como fuga de gas, saliéronsele por la boca todas cuantas cosas siguen...

Yo entiendo que el amor nace
entre aromosos vergeles...

— Chico, interrumpió el ángel, no seas tonto: habla en prosa y saldrás mejor librado y para otra vez di *aromáticos* y no *aromosos*, que es más correcto.

— Pues bien, entiendo que la mujer no es ser humano más que en lo que tiene de material; que es ser divino a medias y a medias de este mundo; que no puede ni debe formarse como los demás animales de la escala que termina en el hombre. Sentado esto, supongo que a la confección del *ser mujer*, concurren elementos especialísimos, como son las brisas y las flores y luego el hálito divino, el *quid* que las envuelve, las anima y de ahí resulta divina en la ciencia y flores y aromas en lo tangible. ¿Me he explicado?

— No lo sé: pero vamos al caso, que tengo prisa y no se me hace plato de gusto mi estancia en la tierra. ¿Quieres casarte?

— Sí.

— ¿Y no tienes novia?

— No.

— ¿Y quieres que te la busque?

— A imagen y semejanza tuya, ángel de mi guarda.

— Gracias por el requiebro, pero ahórralos que te conozco. ¿De dónde sacar esa novia que me pides?

— Tú sabrás...

— ¡Ah! Sí. ¿Quieres escoger entre las once mil vírgenes?

— Me conviene.

— Pues, sígueme.

Y como el trovador aunque flaco y ligero no pudiese arrancarse de la costra terrestre, el Ángel sonriendo le alzó entre sus brazos...y allá va el poeta cruzando la inmensidad, en brazos de un ángel que le sostiene en su regazo, como cariñosa madre...

*
*   *

Llegaron Ángel y poeta, aquél batiendo sus celestiales alas y éste adormecido en los bondadosos brazos que le sostenían: llegaron a un campo vastísimo, sembrado de naranjos, cuyas flores esparcían balsámico perfume, que hizo volver al trovador sobre su idea y exclamar como en las novelas de a cuartillo de real la entrega.

— ¿Dónde estoy?

— En el jardín de las once mil vírgenes.

— ¿Y las vírgenes?

— Ahí; dentro de las naranjas.

— Explícate, Ángel de mi guarda, que me confundo.

— Has de saber que no a humo de pajas se dice por la tierra lo de las *medias naranjas*. Aquí en este naranjal cuyo perfume trasciende a limpio y no a *Brisa de pampas* embotellada, ni a *colonia* de contrabando, están guardadas esas esencias de mujer a que te referiste ha poco. Mira: cada fruto, no es una naranja, es una media naranja: hay once mil en este apartado inmenso bosque. Busca la que es tu ideal y arráncala.

— ¿Y si no acierto?

— ¿Cuántas veces puede equivocarse el hombre?

— El ser vulgar, muchas, repuso con sus ribetes de presunción el trovadorcillo; pero el que ha sufrido y siente, sólo dos veces se equivoca.

— ¡Qué lástima de cerebro, contestó el ángel! En fin, poeta, me conformo. Concedo te equivoques diez mil novecientas noventa y nueve veces. Arranca medias naranjas y ábrelas, que de cada una saldrá un perfume: si es el que soñaste, trasformaráse en mujer al calor de tus suspiros de amor, si no, volverá a cerrarse la naranja y ella misma, como por arte de magia, tornará a su rama, donde esperará que llegue el que la busque. Pero, ni una más te concedo de las diez mil novecientas noventa y nueve. Anda.

Dejó su lira sobre el césped mullido, atusóse el bigote, requirió la pluma de la gorra y después de saludar al Ángel, lanzóse el trovador en busca de novia.

Y era cosa de verle arrancar el fruto, aspirar el olor con delicia y abandonarlo no obstante, para arrancar otro y otro y otro. Escapábansele las medias naranjas de las manos y como danza de brujas envolvíanle en caprichosos giros, ya interceptándole el paso, ya cubriéndole bajo una nube.

— ¿Todavía...preguntó el ángel?

— Todavía, contestó el poeta interrumpiendo su tarea. ¿Ves ésta? Huele a clavel y rosas; es magnífica: pues no es la mía. Esta jazmín y geranio, pulcritud y constancia; tampoco es.

— Pues, busca y no hables; el alba se acerca y debo partir. Apresúrate.

Siguió su tarea el afanoso trovador; transcurrió largo espacio y al fin, volviéndose al ángel, preguntó:

— ¿Cuántas van?

— Diez mil novecientas noventa y ocho: falta una, sólo queda una.

— Sólo quedan dos. Míralas.

— Escoge.

— ¿Cuál?

— La que quieras.

— ¿Ésta o ésta? ¿Cuál?

— Decídete.

— Opto por ésta.

Y la arrancó, abrióla y aspirando el aroma, dijo:

— ¡Tampoco!

— ¿Qué buscabas?

— Lirio, azucena y violeta. Amor, pureza y modestia.

Entonces el ángel alargó la mano, tomó la que quedaba y la abrió.

Formóse un vapor ligerísimo, una bruma de perfume y apareció una mujer mitad cielo, mitad flor.

— Esa, esa es, gritó el poeta.

— Ya es tarde, dijo el ángel: así sois los hombres: sobre la faz de la tierra ha repartido la mano del Omnipotente todos los dones del cielo. Allí tenéis la felicidad y pasáis constantemente a su lado sin conocerla: buscándola atropelláis por todo y cuando ya es imposible, descórrese el velo de vuestra ceguedad, veis la dicha donde antes la despreciasteis. Ya es tarde. Adiós. Me llevo tu ideal.

Arrancó el ángel y el poeta, triste y angustiado, vióse perderse tras las nubes de la aurora, que tiñéndose de oro y grana, asomaban ya por Oriente.

Y *colorín colorado*; hasta aquí llegó mi abuela y no he

de ser yo quien enmiende la plana a la buena señora: pero nunca más se supo cosa alguna del trovador, ni del rio, ni de la selva y la laguna, ni del lugarejo que se mienta al comienzo de esta historieja y tampoco de aquella mujer formada por azucenas, violetas y lirios que en brazos de un ángel se alzó al cielo.

Ángel Luzón.
Habana, 1ro de Marzo de 1887

La estrella verde

En el lugar más salvaje de las orillas del Rhin,[15] los pescadores que viven en las cabañas, que en aquellas escarpadas márgenes se han levantado para socorro y abrigo de los inexpertos barqueros arrebatados por la corriente traidora, señalan aún al viajero una roca de basalto, imponente y soberbia, que repite de fantástico modo el eco de las áridas y descarnadas montañas inmediatas.

La corriente del río, bramando sordamente, quebranta sus hervorosas ondas al pie de esa roca que se eleva con terrible y solemne majestad.

Según las novelescas ficciones de las leyendas, de esas tradiciones llenas de brillantes embustes, que la imaginación se complace en acariciar, especialmente en las noches invernales al amor del fuego de la chimenea mientras la lluvia azota con monótono rumor los cristales de las ventanas y el viento silba plañendo, entre las almenas de los terrados; según las novelescas ficciones de las leyendas, repetimos, el eco de esa roca inexpugnable ha sido siempre la agreste melodía del acento de una ninfa, la *ondina de Lúrlei*, que hechizaba con la magia de sus baladas.

¡Cuántos fueron sumergidos en el Rhin por el encanto funesto de aquella virgen de la montaña!

*

*   *

---

15   Río que nace en los Alpes suizos.

El color de la ninfa no era de nieve transparente.

Tenía ese trigueño de las doncellas de Judea y de las vírgenes de Cuba que se parece al precioso dorado de las indias.

Un viajero la había visto a la azulada luz de la luna, echada sobre alfombra de rosas, junto a una fuente salvaje, en el centro de un valle que la naturaleza, caprichosa y fantástica, extendía en una de las laderas de la roca.

Un velo de gasa azul que dejaba distinguir misteriosamente las vagas ondulaciones de la juventud y la suavidad de los contornos de sus flexibles y etéreas formas, envolvía a la virgen encantada.

A orillas de la fuente salvaje había un naranjo cuyas pomas de oro se balanceaban a los soplos del airecillo nocturno cargado con el aroma de las montañas, y cuyos azahares caían a los besos del terral de la noche sobre la dulce y aérea nube de gasa azul que rodeaba a la ninfa.

Parecía dormida. La sonrisa de la inocencia entreabría su boca roja y fresca.

*
* *

Un barquero aseguraba haber visto la sombra de la ondina, a favor de las cárdenas ráfagas de los relámpagos, que alumbran tan siniestramente las noches de tempestad.

Ceñido el talle por una serpiente de oro con cabeza de rosados corales, vestía ondeante túnica de color de llama, que dibujaba los contornos de un busto de la más ideal perfección.

Sobre su frente dorada fulguraba una llama de rubíes.

*

*   *

Un pastor de vacas, que en la margen del río de las nebulosas tradiciones, albergábase en pintoresca quesería suiza, había contemplado en una tarde de brumoso Otoño, la silueta tenue, sutil, vaporosa, de la selvática virgen cubierta con túnica azul de cielo, rociada de diamantes verdes, y rodeada de aureola de vapores blancos bordada de reflejos irisados.

Un caminante extraviado la había visto al resplandor de las estrellas con traje de ondina esmaltado de plateadas escamas y guarnecido de afiligranadas plantas marinas; falda corta de transparente gasa verde mar; collar de nacarinos caracolillos; pulseras de algas; cinturón de madréporas; diadema de racimos de perlas fosforescentes entre luminosas yerbas acuáticas, y en la diestra, sobre una concha de reflejos de púrpura dorada, un ejemplar de ese pez de los mares tropicales llamado *Esmeralda* porque dicen[16] que su lengua lanza de noche verdosas fulguraciones.

En torno suyo saltaban dorados delfines y pececillos de color cardenal.

*

*   *

Un viajero la había admirado en las mañanas de Abril

---

16   Dice «diz» en el original.

y Mayo, ostentando flotante túnica de muselina color de espuma, bordada de verdes pámpanos, de racimillos de frutas, de zunzunes y de abejas de oro en actitud de volar.

Los ondulantes pliegues de su aérea vestidura talar, estaban recogidos con botones de rosas entreabiertas, blancas unas, sonrosadas otras, y otras finamente encarnadas. De claveles acarminados eran sus pulseras; de flores de naranjo su cinturón; de nardos silvestres su collar; de azucenas su corona, en las que se posaban algunas mariposas con las alas abiertas. Sus cabellos estaban trenzados con jazmines y espigas de oro. Sus pies leves y esculturalmente modelados, desaparecían en un montón de hojas de rosas alejandrinas.

Colgaba de su brazo derecho primoroso canastillo de mimbres finos, lleno de ramilletes y orlado de papel color rosa calado y fino como un encaje.

Alzaba en una mano una copa de cristal llena, no del zumo purpúreo de la uva, sino del licor almibarado que se extrae del cáliz de las flores. Una rosa deshojada flotaba en el licor que doraba aquella copa semejante a cristalino cáliz.

Alzaba en la otra mano un ramo de claveles cuyos pétalos purpurados aljofaraban esas gotas de rocío llamadas por los soñadores lágrimas de la aurora.

Con sonrisa que dejaba ver sus amarfilados dientes, aspiraba el delicadísimo perfume de aquel rojo y fresco ramo.

Una ebúrnea tórtola posada en los globos de su seno, introducía el pico de coral rosa en el botón de clavel rojo que la doncella sostenía en sus aterciopelados labios.

A su lado, un perro leonado, cuyos ojos inteligentes se fijaban en su amiga, sostenía en la boca un canastillo donde se amontonaban las flores de los jardines de todos los climas y de todos los países.

El viajante se preguntaba:

— ¿Es la ramilletera de algún palacio fantástico? ¿Es la jardinera del jardín soñado de las enamoradas? ¿Es la hada de las rosas? ¿Es la estatua animada de la primavera sobre pedestal fabricado con hojas de rosas?

*
* *

Los pescadores atraídos por el acento embelesador de aquella doncella, se agrupaban en la rivera opuesta escuchando con arrobamiento artístico aquel ritmo divino que las brisas en sus alas impalpables llevaban a las montañas, a los valles, a los bosques.

La noticia de su aparición corrió por todas las orillas de Rhin y llegó hasta los caseríos situados a orillas del mar.

*
* *

Saúl quiso verla.

Saúl tenía 18 años. Era grumete. Nació oyendo el estrépito de las olas sobre los arrecifes. Desde su primer vagido fue secundado por los rumores de la mar. Dio los primeros pasos sobre la arena de la playa. Sus primeras miradas se extendieron por la inmensidad de las aguas.

Las brisas marinas agitaron sus cabellos. Jugó con las conchas y caracoles, con los remos y las velas de la barca de su padre.

A los nueve años ayudó a éste a tejer la red para pescar y arreglar los aparejos. A los doce se lanzaba a la mar en los días tempestuosos, con la intrepidez del marinero que no se intimida con el romper estruendoso de las olas. A los dieciocho próximo a casarse, construyó su cabaña sobre un peñasco.

Tenía alma de artista, y desde temprano aprendió a pulsar el laúd de los trovadores que llamaban en los puentes levadizos de los castillos para cantar en el festín de los señores feudales melancólicas baladas de amor.

*

*   *

Una tarde, en el momento en que el sol muere tiñendo de oro pálido las cumbres de las montañas, llega Saúl al lugar sombrío en que rebota la mugidora corriente ondas al pie de la roca de basalto que imponente y solitaria se eleva con terrible y solemne majestad.

El mancebo recorre las riberas, pide a un pescador la barquilla y surca las aguas entonando cantares pastoriles.

Como si fuese el eco de aquella cantilena, oyese una balada deliciosamente modulada por un timbre argentino y simpático, rico de armonía y de emoción.

— ¡Allí está, allí está! – gritan unísonos los barqueros señalando la roca encantada.

*

*   *

¡Oh dulce panorama!

La ninfa estaba sentada, a orillas de la fuente salvaje, al pie del naranjo cuajado de azahares.

Su cabellera suelta caía sobre sus hombros y espaldas en copiosas ondas formando cascada que llegaba hasta besar sus desnudos pies, dorados como los primeros resplandores del sol entre las rosas de la aurora.

Rodeábale transparente nube de gasa azul que permitía entrever las suaves ondulaciones de la juventud y las castas formas de su cuerpo tan bellamente esculturales que parecían cinceladas por el estatuario más idealista.

¡Qué poema de embelesos en aquella sonrisa de rosas y perlas y en aquellas miradas de resplandor suave como los rayos de la luna cuando rielan en las dormidas lagunas!

¡Cuánta seducción en aquellos menudos pies dorados que excitaban la admiración y provocaban los besos!

*

*   *

El joven marino, presentando a la ondina de Lúrlei su lira de marfil con cuerdas de plata y su corona de laurel ganada en las regatas de aquel año, se arrodilla en el barquichuelo, que hasta entonces había surcado el río con la gracia y ligereza del cisne, y exclama apasionadamente: – Yo te amo.

Una expresión de felicidad suprema irradia en el rostro de la doncella misteriosa que adelantándose a la orilla y extendiendo los brazos, murmura: – Ven.

El mancebo fuerza los remos, y la proa de la barquilla, corta, ligera la corriente impetuosa del Rhin levantando en torno suyo mucha espuma.

—¡No, no!– gritan asustados los barqueros al intrépido joven que se dirige a la roca de basalto. –Aunque no eres inexperto, eres temerario. Vuelve a la orilla porque la corriente puede arrastrarte.

El osado marino no quiere oír. Su pensamiento, su atención y su esperanza, están concentrados en la ondina de Lúrlei.

¡Cómo pintar las rápidas alternativas de temor y esperanza de los pescadores al seguir con inquieta mirada los movimientos de la débil navecilla!

*

* *

Ya está próximo a tocar la anhelada tierra...

De repente, rómpese la lira del arrojado viajero y un sonido divinamente melodioso se extiende a lo largo del Rhin.

Un grito de horror es simultáneamente lanzado por todos los espectadores.

La barquilla, choca con un escollo, y se va hundiendo en el río.

¿Qué hacer? ¿Cómo salvar al náufrago que luchaba con las rugientes ondas?

Algunos jóvenes pescadores, impulsados por esos

arranques de abnegación de que sólo son capaces los corazones bizarros, quieren lanzarse para disputar a la muerte
aquella víctima, pero los viejos barqueros, formando una
barrera con sus vigorosos brazos, los detienen, diciéndoles:

—Por recoger un cadáver queréis que mañana bus-
quemos muchos, mientras os lloren vuestras madres y
vuestras novias?

Detiénense desconsolados aquellos héroes desconocidos al resto de los hombres y cuya epopeya nunca se hubiera escrito, nunca se hubiera cantado!

¡Ah! Todo socorro es inútil: vano todo auxilio. La
muerte de Saúl es inevitable!

— ¡Yo te amo! – exclama el náufrago extendiendo las
manos hacia la ninfa.

— ¡Ninfa! – ¡Yo te saludo al morir! – grita enseguida remedando a aquellos gladiadores que caían heridos en
el anfiteatro ante el soberbio emperador de Roma.

Todos vuelven los ojos a la ondina de Lúrlei. Ya no
está allí... Ha desaparecido...

En aquel momento navecilla y navegante desaparecen
también...

*
* *

A poco una nube dulce y aérea formada de preciosos
vapores de dorada refulgencia, se eleva en el sitio en que
el arrojado marino naufragara.

En el centro de aquella nube transparente, fulguraba
una estrella de gran magnitud, y sus verdosos destellos rie-

laban en las aguas, y parecían verter suavísimos aromas que perfumaban deliciosamente el aire.

La estrella, que semejaba enorme esmeralda, se deslizó lentamente por la orilla del río, y se desvaneció poco a poco al llegar a la roca que fantásticamente repitió con más sonoridad que nunca el eco de las agitadas olas.

Preciosas nubes de cambiantes inimitables para el más hábil colorista, envolvieron la solitaria e imponente roca de basalto.

Aquellos irisados vapores tomaron formas, y a los ojos admirados de los barqueros aparecióse una góndola aérea, de oro la popa, las velas de púrpura, de marfil los remos.

Aquella góndola era la barquilla metamorfoseada de Saúl. Sus remeros ceñían coronas de encinas encintadas y vestían trajes talares sembrados de estrellas multicolores. Al compás de los remos entonaban dulcísimas barcarolas.

Rodeaban la navecilla niñas de cutis dorado con trajes azules recamados de plata, coronadas de uvas de oro, que modulaban baladas al ritmo de sus ebúrneas liras.

Seguían grupos de niños con túnicas de color purpúreo. Ostentaban diademas de ramas de pinos de oro, y llevaban en las manos cálices de tallado cristal colmadas de vino de color rubí.

Tras este encantador coro de ángeles, marchaba un coro de vírgenes trigueñas, dando al viento las destrenzadas cabelleras y el blanco ceñidor. Vestían túnicas de rosados corales, y lucían en la frente guirnaldas de pámpanos y bellotas de oro. Sostenían en la diestra jarros de alabastro llenos de leche y crema, perfumada con flores de azahar.

Seguían otras doncellas. Blancas y transparentes eran

sus túnicas. Cintas angostas de púrpura trenzaban sus cabellos. Llevaban con entrambas manos fuentes de coral llenas de arroz con perlas, y platos de zafiros que sostenían pirámides artísticas, formadas de frutas exquisitas.

Marchaban luego cien pastores cargando colosales ramilletes de olientes violetas en una mano, y en la otra grandes jaulas repletas de pájaros de fúlgido plumaje que derramaban cascadas de notas.

Tras éstos, montados en corceles cubiertos de piel de armiño y cola trenzada con collar de perlas, iban cien cazadores con venablos de nácar, conduciendo cien perros negros como el azabache. Después cuarenta indios con jarros de cristal llenos de diamantes verdes, azules y rosados; cuarenta negros con copas de coral rebosantes de esmeraldas y rubíes, y cuarenta turcos con vasos de luciente alabastro en que desbordaban los topacios.

Seguían cincuenta arqueros vestidos de largas túnicas con arcos y carcaj a la espalda; cincuenta toros blancos de cuernos dorados, con cintas azules trenzados, y guirnaldas de hiedra al cuello; cien mancebos con cítaras de oro conduciendo cien carneros teñidos de púrpura y blanqueada después su lana de seda con vapor de azufre.

Seguidamente, un coro de niños desnudos que tocaban flautas de nácar, y un coro de niños con incensarios, cuyas flotantes nubes envolvían bandas de palomas con pico dorado y largas cintas azules amarradas en los pies con brillantes cintas de púrpura, cuyo extremo estaba sujeto al ceñidor de las niñas.

A la armonía heroica de una marcha triunfal tocada por falange de pastores, marchaban con solemne lentitud cincuenta ancianos de luenga barba blanca, de talante majestuoso y reposado semblante.

Tras los ancianos iban cincuenta combatientes en carros de marfil de dos ruedas, abiertos por el fondo, tirados por bueyes corpulentos de color de oro. Cada combatiente tenía un león domesticado, una lanza reluciente en una mano y un hacha corta en la otra.

En último término, apareció una carroza de deslumbrante oro rodeada de cien doncellas vestidas de amores que movían grandes abanicos de plumas de pavo real y derramaban perfumes y polvos de oro.

Sentados estaban en aquella carroza con las manos enlazadas, Saúl y la ondina de Lúrlei; Saúl, con el anillo nupcial, la ondina con la cándida diadema de azahar de la virgen desposada.

Una estrella verde flotaba en la nube que se cernía sobre los dos amantes rodeándolos de vivísimos resplandores que reflejaban con esmalte purísimo los más variados matices.

*
* *

Aquella procesión nupcial recorrió entre armonías deliciosas y aromas gratísimos la orilla del Rhin hasta llegar a una gruta tapizada de plantas que perfumaba con su suavísima esencia el ambiente.

La gruta era la entrada de un palacio encantando donde el Dios del Himeneo había preparado el tálamo de los dos novios.

Saúl y la ondina fueron recibidos por las Driadas que cuidan los bosques y viven en los montes, valles, collados, por las Ondinas y Nereidas que viven en los mares, y las Náyades que viven en los ríos, fuentes, lagos y estanques.

La estrella verde fue subiendo lentamente hasta fijarse en el azul del firmamento.

*

*   *

Desde entonces, al decir de los sencillos pescadores, sale todas las tardes a la hora del crepúsculo, en el mismo sitio del naufragio, un ligero y transparente vapor pálido dorado, en el cual resplandece una estrella verde que derrama sonidos melodiosos, perfumes deliciosísimos, y sube lentamente hasta fijarse en el cielo.

Esa estrella vespertina que también brilla en las últimas horas de las madrugadas, ha sido también llamada por la fantasía del pueblo, la *estrella de los pastores*.

JULIO ROSAS

Cuento que pica en historia

De igual manera podría titular este artículo historia que parece cuento, por ser verídicos los datos que me han servido para narrarlo, datos preciosos arrancados por mí de la cartera de un muerto que los tenía ya planeados, y que únicamente tienen ahora de fábula o de cuento, los ligeros toques fantásticos con que los he revestido, el traje desaliñado con que los presenta al público el sastre de mi imaginación.

*
*   *

Era el 25 de Agosto de 1871, año pletórico de crímenes, en el cual las inconsciencias de éstos, a veces, el odio y las ambiciones de aquellos, en otras, las torpezas de la guerra, siempre, arrastraron a muchas víctimas en oleaje desastroso, dejando tras sí, en las sinuosidades de su curso, abundantes charcas de sangre inocente.

La Habana presentaba un aspecto triste y sombrío. Apenas si algún transeúnte cruzaba las calles. Las casas se levantaban rígidas sin que ningún movimiento humano hiciese girar una puerta o abrir una ventana. El pájaro estaba mudo, la flor recogida, el sol había ocultado sus rayos insolentes, la misma naturaleza modulaba en el viento un suspiro, una queja, una amenaza, y el cielo, rojo en la lí-

nea del horizonte, parecía avergonzado de las impuden-
cias de la tierra.

En el castillo de la Cabaña tenía lugar en ese momento un trágico suceso. Un hombre, miento, un poeta, de 37
años de edad, reflejadas a un tiempo en su fisonomía simpática las penas de su vida y la ternura de sus versos, con
la cabeza blanqueada totalmente en los ocho meses de su
prisión, y las manos esposadas, salía de una bartolina seguido de un grupo de hombres armados. Aquel poeta era
Juan Clemente Zenea,[17] el tierno cantor *A una golondrina*,
a la que pocos días antes le decía, quizá presintiendo su fin
doloroso, en notas que tienen «la sonoridad de un doble
funeral»: «Cuando vuelvas por aquí,

No busques volando inquieta
Mi tumba oscura y secreta,
Golondrina ¿no lo ves?
En la tumba del poeta
No hay sauce ni un ciprés!

El grupo se detuvo junto a los fosos de la Cabaña;[18]
arrodillóse Zenea; se dispararon las armas sobre él; el cuerpo rodó, y.... todo había concluido.....

Aquella detonación dio fin al *Diario de un mártir*,[19]
abriendo al más dulce de los poetas cubanos las puertas de
la patria eterna.

*
* *

Era la noche de aquel mismo día. Era una casa de mo-

---

17 Juan Clemente Zenea (1832-1871). Poeta romántico cubano. Luchó contra el dominio español en Cuba. Emigró a Nuevo Orleans y luego a Nueva York. Al estallar la guerra de 1868 regresó a Cuba para unirse a los in-
dependentistas. Fue sorprendido por las tropas españolas y fusilado en
1871.
18 Prisión de la Habana.
19 Conjunto de poemas escritos en prisión y publicados póstumamente.

desta apariencia de la calzada de San Lázaro, muy cerca de *La Punta*,[20] se notaba el ruido y movimiento de una fiesta. En efecto: vivía en ella un viejo periodista – que falleció hace algunos años, – el cual había invitado esa noche a varias personas de su amistad, con el objeto de celebrar el santo de uno de sus familiares.

A las ocho de la noche, un crecido número de convidados discurría ya por los salones de la casa, y la orquesta preludiaba una danza.

Todos ellos, sin penas que sufrir ni muertes que llorar, alegres y sonrientes, se entregaron a las expansiones del momento.

Solamente un joven alto, que no bailaba, se le veía con impaciencia dar vueltas por la sala, buscando algo con los ojos.

De pronto, junto a la orquesta vio a otros tres jóvenes en animada conversación, y se dirigió a ellos inmediatamente.

— Los andaba buscando, dijo, mientras los tres amigos volvían la vista hacia él.

— ¿Para qué nos quieres?

— Ya os lo diré.

— Estamos a tus órdenes.

— Pues entonces, síganme, que se me ha ocurrido una buena idea.

Y los tres jóvenes se dispusieron a seguirlo.

Debemos advertir que los cuatro eran amigos íntimos de la casa, donde se les estimaba como si fueran de la familia.

— X... – preguntó el joven que llevaba la voz – ¿sabes

---

20   Lugar en la bahía de la Habana donde se encuentra el castillo de San Salvador de La Punta.

si hay luz en el cuarto de Ramón? (uno de los hijos del viejo periodista).

— Creo que sí, – respondió el interpelado.

Y subieron por una estrecha escalerilla de madera, hasta una habitación que formaba un alto pequeño en el fondo del patio.

Hicieron luz con un fósforo, pues la habitación estaba a oscuras, y siguieron alumbrándose con los restos de una vela de esperma que tuvieron la suerte de hallar en el atravesaño de una de las puertas.

El llamado X... tomó la única silla que había en el cuarto, y los otros se sentaron en la cama.

El joven que había llevado hasta allí a sus compañeros tomó la palabra.

— Os he traído a este sitio, – dijo con voz grave y conmovida – porque como somos escritores y tenemos alma de poeta y hoy ha muerto un hermano nuestro en espíritu, creo que antes de entregarnos a la alegría del baile, debemos los cuatro, en esta íntima velada de cinco minutos para que no se note nuestra ausencia, consagrar a Zenea una ofrenda de admiración, un adiós sentido, un cariñoso recuerdo.

— ¡Magnífico, magnífico! – dijeron emocionados los tres simultáneamente.

— ¿De qué manera lo haremos? – interpuso el más joven de ellos.

— ¿Ustedes saben de memoria alguna poesía de Zenea? – preguntó el iniciador.

— Nosotros... no, contestaron a la vez.

— Pues yo recuerdo su precioso romance *A Fidelia*,

una de las composiciones que él más quería, y voy a reci-
tarla, si Uds. gustan oírla.

— ¡Oh sí, sí, recítala, recítala!

Y el joven, con entonación pausada y sentida, comenzó a decir los versos del romance.

Los otros guardaron profundo silencio; la vela se ex-
tinguió totalmente apenas el recitador había llegado a la
primera estancia de la poesía, que concluye diciendo:

«Que yo al fin me hallara triste,
Que tú al fin te hallaras muerta.»

Y la habitación quedó sumida en completa oscuridad.

Hasta allí llegaban únicamente con lejano y confuso
rumor, los ecos cadenciosos de la danza tropical y los vagos murmullos de las olas de la cercana playa, que semejaban suspiros apagados, como si en esa conjunción de notas de la música y el océano palpitara el alma de Zenea,
queriendo, agradecida, enviar a los cuatro jóvenes las gracias en tristes y elocuentes sonoridades.

Los últimos versos del romance fueron más bien bal-
buceados que dichos. Los jóvenes maquinalmente se estre-
charon las manos en la sombra, y a tientas bajaron la esca-
lera sin proferir una sola frase.

Cuando la luz del gas alumbró sus rostros, en los ojos
de los cuatro se notaba, todavía húmeda, la encendida hue-
lla de una lágrima...

*
* *

Dieciséis años han transcurrido de entonces acá. Los jóvenes, peninsulares los cuatro, siguieron distinto camino. Uno de ellos, notable poeta y literato, que amaba con todo su ser a Cuba y a sus hijos, ha sido el único que ha muerto...... otro, consecuente republicano entonces y ahora, sigue abogando por la defensa de nuestras libertades; ...X... complicado en aquel mismo año en los terribles sucesos del 27 de Noviembre,[21] ha arrastrado una vida de odios; después ha querido vindicarse, y hoy...... está casi perdonado en la conciencia de muchos, y el último, el joven recitador, en aquella época noble, generoso, republicano, bohemio, ha sabido encumbrarse a costa de la política, y es con el día monárquico, reaccionario y uno de los que rigen los destinos de este país.

Mientras tanto, los centinelas del castillo de la Cabaña aseguran que en algunas noches han visto revolotear cerca de los fosos un pájaro negro y triste, sin detenerse jamás en ningún sitio, como si no encontrara lo que busca. Y es que la realidad implacable ha sido más cruel que el presentimiento de Zenea, porque ese pájaro negro y triste, que es la golondrina del poeta, no sólo no encuentra ni el sauce ni el ciprés de los versos, pero ni siquiera el pedazo de tierra que cubre los restos del mártir, para plegar en ella sus alas.

Manuel S. Pichardo
Marzo, 1887

---

21   Fusilamiento de los ocho estudiantes de Medicina en La Habana por el gobierno español.

Confesión de un marinero náufrago

Señor: el día 18 de junio a las 12 del día acabamos de meter, a bordo de nuestra goletica,[22] la carga de carbón y leña con destino a la Habana. A las cinco de la tarde soltamos la espía que estaba amarrada de las uñas de un mangle, izamos foque, contrafoque y velacho, y a las seis, con un terralito[23] bastante fresco que soplaba de la Siguapa, salimos de la gran ensenada de Cárdenas.[24] Pasamos entre Cayo Mono, Grande y punta Hicacos, haciéndonos mar afuera todo cuanto ella y el viento nos lo permitieron. Nuestra intención era ver si antes de venir el día, alcanzábamos el puerto de la Habana, porque teníamos de antemano ajustada la carga y debíamos dar otro viaje en la misma semana. A las siete perdimos de vista la tierra casi al mismo tiempo que el sol desaparecía bajo las aguas del Océano, en el confín del horizonte.

La mar, señor, estaba como un plato, como una balsa de aceite: el cielo claro y el viento cada vez más fresco y constante. De suerte que la goletica navegaba con tanta serenidad que parecía un pato en la laguna. Se me olvidaba decir que cuando salimos de la ensenada de Cárdenas, además de los foques y el velacho pusimos la redonda e izamos la cangreja.

A bordo no íbamos más que tres hombres y un perro: mi *patrón* que manejaba el timón, un marinero sobrino suyo y yo. Como nuestra navegación era la más tranquila del mundo, mi *patrón* chupaba su tabaco sentado en un ta-

---

22 Embarcación pequeña de vela.
23 Estando en el mar, se le dice al viento que viene de tierra.
24 Municipalidad de la provincia de Matanzas en Cuba.

buretico de tijera junto al timón; su sobrino pescaba al cor-
zo, detrás de él, sobre el saltillo de popa; y yo, cansado del
trabajo de por la mañana, me acosté bocabajo cerca de las
batayolas, en un montón de leña. Al principio me entrete-
nía en ver las espumas que, al partir las olas del barco se
formaban en sus costados, sin abandonarlo jamás. Bien
pronto, y sin que yo pudiera evitarlo, con el rumor de las
aguas y el fresco de la noche, me fui quedando dormido.
Ignoro cuanto tiempo estuve así. Pero lo que puedo asegu-
rar es que no desperté, ni supe de mí hasta que vino un
golpe de mar, rompió en mi frente y me tiró casi sin sentido al pie del palo mayor, sobre los sacos de carbón.

Entonces fue cuando el ruido de la mar y el viento, los
truenos y las voces de mi *patrón*, juntos llegaron a mis oídos. Al pronto me pareció que soñaba porque la noche, de
clara y estrellada, se había vuelto oscura como boca de
lobo; y aunque me abría los ojos con las manos, nada veía;
el viento de fresco y suave se había tornado recio y furioso. El cielo tan claro y tan azul, al ponerse el sol, se había
cubierto de espesos nubarrones que rompían por muchas
partes las lenguas de fuego y las culebras encendidas de los
rayos y de los relámpagos. Unos truenos seguían a otros
con tal tesón, que semejaban el combate de muchos barcos
de guerra: y estallaban sobre nuestras cabezas juntamente
con el agua del cielo y de la mar.

¡Oh! el temporal era deshecho! Todo anunciaba que
íbamos a perecer miserablemente si no nos protegía la Virgen Santísima. Yo tengo más de diez años de marinero. He
navegado por las costas del sur y del norte de la isla: he ido
muchas veces a los cayos de Providencia; y a la isla de Pi-

nos, y a Jamaica: he corrido muchos malos tiempos por el banco de Bahama y por los Jardines de la Reina; pero ninguno me ha parecido tan malo como el del 18 de Junio. Jamás he experimentado temporal tan furioso, ni visto noche tan oscura, mar tan brava, ni lluvia tan fuerte, ni truenos tan repentinos y horrorosos.

Sin embargo no crea, mi señor, que yo pinte la maldad del tiempo, porque espere así disculparme. Aunque desde el principio conocí toda la extensión del peligro que corríamos, conservé mi valor y serenidad. Creo que mi *patrón* no se turbó. Sin moverse de su puesto, a pesar de los golpes de agua y de los vaivenes del barco, orzaba y sorteaba las olas con bastante destreza. No así su sobrino, que de tal modo se atribuló, señor, que tratando de aferrar a toda prisa la cangreja, por soltar la driza, según lo disponía el *patrón,* enredó la escota de la bota-vara, y esta torpeza fue el origen de nuestra desgracia. Porque el viento arrebatando la vela, la arrojó contra un costado del barco y lo metió debajo del agua.

Zozobramos, señor; el agua lo cubría todo. Precipitadamente cogí un machete, corté la driza y cayó el pico de la cangreja; enderezóse la goletica; y se levantó sobre las olas; pero habíamos perdido la bitácora y el rumbo con ella. Esto afligió en gran manera a mi *patrón.* Desde entonces no le oí gritar más; y si permaneció en el timón, fue porque no sabía lo que pasaba por su cabeza. Las otras velas, casi no hubo necesidad de aferrarlas. El viento despedazó el velacho y los foques; y yo a hachazos deshice la driza y botalón de la redonda, dejando que las olas se la llevaran porque era imposible impedirlo.

Cuando no hubo ninguna vela sobre los palos y vimos que el barco navegaba al garete, saltando como un barril vacío, empezamos a concebir esperanzas de salvación. El sobrino de mi *patrón*, el señor Timoteo, se quedó al pie del palo mayor; yo me fui a proa. Agarrado fuertemente de las jarcias, me puse a mirar a todas partes, por si algo descubría que me indicara el punto hacia donde nos arrebataban las olas y el viento. Pero la oscuridad de la noche era impenetrable y la lluvia incesante. Sin embargo, a favor de los relámpagos, parecióme divisar a lo lejos una faja muy negra, con un diente o pico que en medio de ella levantaba. La faja juzgué que sería la costa, pues la veía en el horizonte, y el pico el Pan de Matanzas.[25] Corrí a popa: conocí que con gritar no lograría más que afligir a mi *patrón* si acaso me oía. Por mi consejo y con mi ayuda trató de orzar. Mas ya era tarde. El barco no obedeció al timón. Y lo comprobé volviendo a la proa. La faja negra estaba en el mismo punto, y el pico crecía cada vez más. Entonces sentí miedo por la primera vez de mi vida. Conociendo que ya no había remedio, que nuestra desgracia era cierta y que nada adelantaría con participar a mi *patrón* el inminente peligro que corríamos, me quedé abrazado a las jarcias, con los ojos fijos en la faja negra que se acercaba siempre. Otra consideración me obligó a no menearme de allí. Tal vez sea esto una nube, dije entre mí, y no hay que asustar a mi *patrón* más de lo que está. Y si no lo es tampoco adelantaríamos con que lo supiera, puesto que el barco no obedece al timón. Inútil reserva, pasajera esperanza.

Haciendo estaba estas reflexiones con los ojos cerrados y la cabeza entre los brazos, cuando se oyó un bramido espantoso por la proa. Estremecióse todo el barco, retrocedió

---

25   Montaña muy conocida en Cuba. Guía de marineros.

un poco levantando una montaña de agua; y acudí en socorro de mi *patrón*, que clamaba por mí. Los tres nos pusimos en la caña del timón por si lográbamos orzar. Más todo
fue en vano. Descendió la goletica de la montaña de agua,
y cayendo de golpe se clavó en los arrecifes de la costa.

Volví para donde estaba mi *patrón* y ya no lo encontré
allí: un golpe de mar lo había arrojado debajo de la verga
de la cangreja. Respiraba. Lo llevé cargado a proa, y le dije:
— Mire señor, que por aquí nos podemos salvar. Deje la
popa porque el barco se está abriendo. – Tampoco quiso
escuchar mis consejos. Zafóse de mis manos y corrió a la
caña del timón. No estaba en su juicio: se había trastornado y no sabía qué hacerse.

Amarré en la cadena del más grande de los lingotes que
había a bordo, y lo arrojé con todas mis fuerzas sobre los
arrecifes: tiré de la cadena luego y había agarrado. Por ella
pensaba arrojarme a salvar a mi *patrón*. Fui por él a popa lo
cargué en mis brazos por segunda vez como un niño chi-
quito y cuando llegué a proa, ya las olas habían separado el
barco de la costa y la cadena y el lingote cayeron al agua.

Solté a mi *patrón* en la cubierta: el barco tornó a enca-
llarse: probé si podía servir[26] [de plancha el botalón de la
redonda y no alcanzaba].

De la sacudida todos los[27] tres caímos sobre la cubierta: rodaron los sacos de carbón y la leña: saltaron las bocas
de las escotillas, y las bandas del barco se fueron al agua.
Temiendo que se abriera, y sintiendo venir otra montaña
de agua, más grande que la que nos había hecho emba-
rrancar, le supliqué a mi *patrón* que soltara la caña del timón, para ver si podíamos salvarnos por la proa. Mi *patrón*

---

26   La oración original termina en la palabra servir. Más abajo aparece otra
     frase suelta que puede ser su continuación: «de plancha el botalón de la
     redonda y no alcanzaba». Hemos unido ambas frases para que tenga sen-
     tido la oración.
27   El artículo «los» falta en el original.

no me hizo caso, ni escuchó siquiera. Me hinqué a sus pies, lo abracé por las rodillas; en vano; todo fue inútil. Corrí entonces en busca de su sobrino el señor Timoteo, para que aconsejara al *patrón* y lo encontré abrazado a un saco al pie del palo trinquete. Lo sacudí dos veces, lo levanté en peso, por la mitad del cuerpo, y sus pies se me fueron para un lado, y su cabeza para otro... Estaba frío... ¡muerto!

Creí morir de desesperación. En aquel momento brilló un relámpago y a su luz fugitiva, vi que detrás del arrecife, había una faja de arena blanca. Se me ocurrió que quizá de un salto llegaría al otro lado. Cogí a mi *patrón* por la mitad del cuerpo y del mismo modo que el señor Timoteo, su cabeza se me fue de un lado y los pies de otro. Le tenté la frente y el corazón, le apreté las manos y las rodillas; nada...frío por todas partes. Le mordí en un brazo y como no se movía ni respiraba, me convencí de que se había muerto de miedo! Entonces también se había roto el botalón de proa, y ya no podía saltar a tierra sin caer sobre los arrecifes. Desatentado, temeroso de que el barco se hundiera, me subí a la gavia del palo trinquete, me abracé con ella, y a fuerza de las sacudidas del mar se rompió aquél por la fogonadura, y caí del otro lado de los arrecifes, en la faja de arena. Del golpe quedé aturdido: pero bien pronto el fresco del agua que me cubría de cuando en cuando, me hizo volver en mi........»

Esta relación, exceptuando una que otra frase, que hemos puesto de nuestro caudal, para hacerla más accesible al lector, aseguramos que es auténtica.

CIRILO VILLAVERDE

El non plus ultra de la amistad

I

Tirado por una briosa pareja de mulas rodaba el quitrín[28] del Marqués de B . . por la calzada
que conduce de Marianao a la Habana, dirigiéndose de aquella población a ésta.

Marianao (hace muchos años de esta historia) era un insignificante caserío, fuera de moda, y en la calzada a cuyos lado se ostentan hoy esas orgullosas quintas, que alegran la vista del rico y excitan la envidia del pobre, apenas si se ve alguna que otra casa de mezquino aspecto, aquí una pajiza vaquería, más allá una prosaica bodega que repugnaba a la vista.

Todavía el furor del lujo y la emulación no habían formado a ambos lados de ese tortuoso camino una serie de columnas y verjas, ni la ciudad con razón llamada *Habana*, (si es que Habana en indio es *muchacha loca* como quiere Adolfo Bôgter) hallaba aún estrecho el recinto de piedra en que la encerró la ineficaz previsión de Carlos II.

Las dos personas que el vehículo conducía, el marqués y su amigo Genaro, guardaron largo trecho profundo silencio: el primero saboreaba un magnífico *regalía*;[29] el segundo meditaba en los favores que desde hacía poco le tributaba el generoso marqués. La bondad de este excelente amigo le abrumaba tanto más, cuanto que Genaro siendo pobre sólo podía corresponder con su estéril agradecimiento.

---

28   Carruaje de dos ruedas y abierto, muy usado en Cuba durante el siglo XIX.

29   Tipo de Tabaco.

Un repentino tumbo del carruaje, y eran frecuentes en la tal calzada, sacó a entrambos de su momentánea distracción.

— Y bien, camarada, va usted pensando en la mala partida que le prepara a su Rosalía? dijo el marqués con su acento bondadoso.

— No, estaba pensando que pocos amigos como usted se cuentan en la egoísta sociedad del día, sobre todo en esa aristocracia a que usted pertenece.

— Vamos, calle usted, volvió el marqués modestamente ¿cuál es esa bondad ponderada? ama usted a mi prima Clotilde, le ofrezco presentarlo, y recomendarlo y pedir su mano, prometo servirle, hacer la felicidad de ella y la vuestra: ambos lo merecéis ¿en qué está el mérito?

— En que usted sabe la distancia que nuestras respectivas posiciones sociales establecen entre Clotilde y yo: usted sabe que sus padres por miramientos a la razón social ...

— La razón social es una dama antojadiza y casquivana, una coqueta que todo hombre sensato debe saber despreciar.

— Antojadiza y casquivana, no por eso deja de ser la única ley que rige en personas de cierta clase. Sin la influencia protectora de usted jamás me hubiera decidido a hacerle la corte. Ella la primera, Clotilde, me hubiera...

— No lo creo así; la modestia de usted le ciega respecto a su propio mérito; además no hay ni sombra de orgullo en el sencillo corazón de Clotilde. Siempre vería en usted un hombre de honor, sin mancha en su reputación; y a hombres tales no se les pide cuenta ni de cuna ni de hacienda. Pero, diga usted, no corresponde ella a su amor?

— Ni aún sabe que la amo: la he visto, me ha gustado, eso es todo.

— De veras! lo creía más adelantado.

— Jamás le hablé sino con miradas.

— Ahora le hablará usted el lenguaje del corazón, y juro que le oirá. Dentro de tres semanas marcho al campo; antes de ese término le habré casado con Clotilde, mal que pese a Rosalía.

— Cómo! qué dice usted?

— Que hemos llegado a su casa.

El coche paró en efecto y ambos echaron pie a tierra. El marqués fiel a su palabra presentó a Genaro a la dama de sus pensamientos, con ademán tal que desde luego debía disponerla en su favor. Pasados los primeros cumplimientos, Genaro trata de sentarse junto a Clotilde. Su corazón palpitó de gozo al ver al marqués llamarle aparte y hablarle en secreto con el más vivo interés, pero le sorprendió desagradablemente la emoción de disgusto que pareció pintarse en los ojos melancólicos e interesantes de la cubana.

¡Oh no, nunca! le oyó exclamar sordamente.

Cosa que el cándido joven atribuyó a la sorpresa natural en una púdica doncella: además ¿no era Rosalía compañera de colegio de Clotilde? no podía esta saber que Rosalía...? ah! el amor cree y espera, porque desea creer y esperar.

A las palabras que con la mayor instancia le dirigió el marqués la joven pareció doblegarse: su rostro se serenó sin perder melancolía, miró a Genaro con dulzura y concluyó por venir a sentarse a su lado.

¿Era obediencia pasiva a la voluntad del marqués? Nuestro protagonista no se ocupó en resolver este problema, y trató de aprovechar su tiempo, no olvidando que el marqués partía dentro de tres semanas.

No tardó este en levantarse, saludar a Genaro, ofrecérsele de nuevo, y marcharse dejándolo allí.

— Al fin! he hallado un hombre, un verdadero amigo, exclamó Genaro para sí con efusión ¡Y qué pocos como él cuenta la egoísta sociedad de nuestros días!

II
De Martín Fernández a Fernando Martínez

Caro Fernando:

He aquí una noticia que te va a anonadar de asombro. Nuestro amigo Genaro Remesan se bate mañana en duelo a muerte con el marqués de B . . . Soy uno de los padrinos y me suplica te invite a servirle igualmente en la ocasión. Te esperamos en...

Sin duda querrás saber la causa del desafío; pero es lo que no puedo decir porque lo ignoro. Por arreglo particular entre las partes *dueligerantes* se ha convenido en guardar el más estricto secreto; parece que se comprometía el nombre de una tercera persona que no soy yo ni eres tú.

Todo lo que sé del asunto, gracias a un portero que debió haber nacido barbero según es de hablador, es lo siguiente:

Ya sabes que Genaro se casaba con una prima del marqués de B. Este, que apoyaba su pretensión, había pedido la mano de la novia para su amigo: era, en fin, el protector, el Mecenas, el duque de Lemus de Genaro.

Pero Genaro un día se levanta con el pie izquierdo, y se le antoja ir a pedir cuentas al marqués por haberse tomado la libertad de protegerle.

El portero pasa aviso y su señoría contesta con un atentísimo recado, que estaba durmiendo la siesta y que no recibía en aquellos momentos.

Genaro replica con otro atentísimo mensaje que no estaba de humor de aguardar y pasaría al cuarto de su señoría.

Su señoría pronuncia su *ukase*[30] mandando a Genaro que se retire inmediatamente.

Genaro declara su humilde *ultimatum*, que no está de humor de marcharse, y dando al portero un cariñoso empujón que lo arrojó de espalda, y a la puerta un delicadísimo puntapié que la abrió de par en par, se presenta en el aposento del benéfico marqués.

Ya comprendes que no era aquí Genaro el joven dulce, afable y generoso que hemos tratado. No lo hubieras reconocido al verlo imponente[31] y grave como la estatua del Comendador, mudo y amenazador como la estrada de la ley.

Su mirada fija y centelleante impuso un momento al visitado; pero éste logró recobrar su serenidad, y vistió su rostro con aparente tranquilidad.

Hola! querido, en buena hora se llega; sírvase sentarse.

— Caballero, contestó Genaro, ya comprende usted que no he venido a cambiar necias frases de amistad y cumplimientos hipócritas.

---

30   Decreto del emperador de Rusia.
31   Dice «enpraimponente» en el original.

— Adelante! dijo el marqués con una sangre fría que aumentó el encono de su interlocutor.

¿Es usted, señor marqués, quien ha escrito estas cartas?

— Yo soy, caballero, quien ha escrito estas cartas.

— Es usted quien ha querido casarme con Clotilde?

— Yo soy quien ha querido casarlo a usted con Clotilde.

— ¿Se ha querido usted burlar, señor marqués?

— Me he querido burlar, señor Genaro.

— Señor marqués, es usted un infame!

— El marqués le miró con el lente con aire despreciativo; Genaro se acercó terrible y amenazador.

— Infame, repito, me habéis alucinado con vuestras fingidas protestas de amistad y queríais hacer de mí el instrumento...

— Vamos, querido, guarde sus trilladas frases de teatro para cuando escriba una novela y respete la casa en que se le hace el honrado, recibirle.

La sangre fría con la que fueron dichas estas palabras era el colmo de la impudencia.

— Espero, señor marqués, dijo Genaro, trémulo de cólera, espero que se pondrá usted a mis órdenes.

— Espero que no me crea usted tan necio para salir a batirme con un cualquiera. Sabe usted, mi señor Genaro, a quien tiene usted el honor de pedir satisfacción?

— A un cobarde! replicó Genaro, pero será usted quien la vendrá a pedir si quiere vengar este ultraje.

Genaro levantó la mano y le infligió el mayor de los insultos: el marqués hasta entonces fingidamente impasible se inmutó notablemente y Genaro aprovechó su estupor para marcharse. Estaba seguro ahora que el marqués se batiría e iría a su vez a buscarle.

He aquí, Fernando, cuanto sé del lance. Sin duda que a Genaro le ha picado la tarántula:

— Tuyo,

Martín.

III
Respuesta de Fernando

Carísimo Martín:

Acepto el encargo y estaré mañana en...

Permite ahora que me ría un poco de ti, que tan atrasado estás en las cuestiones palpitantes del día ¿Con que metido en la ciudad ignoras la causa de la súbita transición en el ánimo de Genaro? Oh, cosas del siglo presente!

Pues yo que vivo retirado del mundo, estoy más enterado que tú, gracias a Rosalía, que es sobrina mía, lo cual supone desde luego mi desgraciada cualidad de tío de ella.

He aquí el drama tal como pasó.

Escena I

El teatro representa la casa[32] de Clotilde; puertas, ventanas, etc.

—

Clotilde, Rosalía.

---

32   Dice «cesa» en el original.

ROSALÍA. – Que ha sido de tu alegría
De aquellos tiempos felices
Que al colegio día tras día
(Pero ahora recuerdo que hablaban en prosa.)
CLOTILDE. – Oh tiempo de inocencia; pero han pasado tantas cosas después; entonces era feliz.
ROSALÍA. – Y bien! Hoy por qué no? qué pasa? desahoga tus pesares en el seno de una amiga.
CLOTILDE. – Ah! Desgraciada! no sabes que el Marqués es casado, y por lo tanto no puede casarse conmigo!
ROSALÍA. – (*con aire de marrullera*) Pero cómo! tú lo amas!
CLOTILDE. – Lo detesto! pero escucha, el marqués . . pero aquí llega, vete! tiene que hablarme a solas.
ROSALÍA. – Volveré.
CLOTILDE. – Te espero.

Escena II

Clotilde, El Marqués.
MARQUÉS. – Qué imprudente eres Clotilde, si no llego a tiempo hubieras revelado ese fatal secreto. No conoces que estarías perdida? El mal está hecho, evitemos las consecuencias;
CLOTILDE. – El mal, infame, fue obra suya. El mal...
MARQUÉS. – Pero sabré buscar el remedio y lo hallaré.
CLOTILDE. – ¿Qué remedio contra la vergüenza y el deshonor?

MARQUÉS. – (*Sotto voce*)[33] Un casamiento, Clotilde, en las circunstancias actuales, no importa con quien.

CLOTILDE. – Pero usted olvida.. que...

MARQUÉS. – No le hace... tengo un amigo... (le habla al oído)

CLOTILDE. – Miserable! (se desmaya)

Escena III

Dichos-Rosalía

ROSALÍA.– Oh complemento de la humana fatalidad! (*le da un patatús y por desgracia no se queda en él.*) – *Cae el telón*.

Por estas escenas, Martín, que te refiero con tan frío romanticismo[34] conocerás que yo sabía del asunto mucho más que tú.

El Marqués, pues que era casado, y así no podía casarse, pues para esto la primer condición es no ser casado, buscaba un hombre *casable*, como Diógenes uno perfecto, y consideró a Genaro como caído del cielo para salvar la circunstancia. Así se convirtió en Mecenas de aquel cuya pretensión en cualquier otro caso le pareciera ridícula. Oh, cosas del siglo presente!

En tanto, esto llegó a oídos de la Rosa de quien tengo el desgraciado honor de ser tío.

— Genaro de Remesan! dijo mi sobrina, lanzando a su rival una mirada de odio.

Sí, querido, a su rival; pues otra cosa que no te perdono que ignoraras es que Genaro allá en tiempos de enton-

---

33   Frase en italiano que significa «en voz baja».
34   Dice «romantiicismo» en el original.

ces, notó que Rosalía tenía bonitos ojos, y escribió un soneto titulado *Su boca* de lo cual deduzco que debían gustarle la boca y ojos de Rosalía. Nota mi sagacidad.

Por eso, como verdadera rebuscadora, se posesionó de la correspondencia y a impulso de celos viejos, trazó una carta anónima.

— ¡Maldicción![35] gritó Genaro que sin duda leía por entonces a Víctor Hugo.[36] Y luego hizo la tontería de ponerse a investigar la materia y descubrió lo que mejor estaba guardado. ¡Las cosas del siglo presente!

En el mismo día y hora como dicen los notarios, Genaro ciego de furor, pasó a la morada del Marqués, y . . . pero lo demás está en tu carta. Tuyo,

Fernando

IV

Oh! el honor, el honor! Inexorable Némesis que nos grita *sangre* cuando el sagrado libro nos dice *resignación*! fantasma sangriento[37] que cuando la razón nos dice *perdona*, nos grita *mata*!

Oh! el hombre, el hombre! hormiguilla que se cree grande porque su orgullo no le deja ver nada más grande, arista que arrebata el vendaval y en su vanidad cree que domina el vendaval.

Y sin embargo una de esas personas que impulsadas por el fantasma del honor, iba fríamente a quitar la vida a otra, era Genaro, Genaro a quien hemos pintado de corazón noble y generoso.

---

35   Extranjerismo. Del francés «malédiction,» que significa maldición o desgracia en español.

36   Victor Hugo (1802-1885), escritor romántico de origen francés.

37   Dice «sangrienta» en el original.

La serenidad de nuestro amigo no se desmintió un punto; el marqués sí parecía afectado. Una explicación evitaría la sangre. Pero una explicación!... Y el honor?

El honor demandaba sangre, y los testigos que así lo entendían comenzaron a medir los pasos, pusieron un contrario frente a otro, y dieron la señal para que vengaran su honor a sus anchas.

Dos tiros. Genaro quedó inmóvil. El marqués se estremeció, quiso andar, titubeó y cayó como herido de un rayo.

Los testigos acudieron; Genaro también; pero llegó para ver a su antagonista revolcándose en sangre.

— ¡Genaro! Grité moribundo, Genaro... salva su honor... ella es inocente... yo soy el culpable... yo... sorprendido... un narcótico... y espiró.

V

La muerte del marqués dejaba a Clotilde con menos esperanzas de ocultar la infamia de que había sido víctima inocente.

Genaro lo comprendió así, y cumpliendo el postrer deseo del marqués, le ofreció su mano.

El mismo coche que los condujo de la Iglesia a su casa, luego transportó a Genaro al muelle, donde se embarcó para Europa.

No se volvió a saber más de él.

FRANCISCO CALCAGNO.

LA CAÑA DE PESCAR

I

Conocéis a Voltaire?[38]

— ¡Oh, sí: ya lo creo! Es gran pensador, filósofo y novelista, crítico mordaz y fino como la punta de una aguja.

— Pero lo que vosotros no sabéis es, jóvenes, que hacía guantes.

— ¡Cómo!... ¿Voltaire guantero?... ¿Cuándo?

— En París, en 1693.

— Imposible!

— ¿Por qué?

— Porque yo he leído sus obras y harto tenía que escribir para dedicarse a una industria que reclama tanta paciencia.

— Pero ¿no conocéis entonces los amores de Voltaire con la Srita. Chambois?

— No; contadme eso.

— Bueno; oíd pues.

— Cuando la guerra y confiscación de bienes a los protestantes, hechas en 1686 casi al mismo tiempo que la Liga de Augsbourg, Raul Isaac[39] perseguido con especial insistencia por lo de la Liga, creyéndole el primer libre pensador de Lyon huyó a la pequeña aldea de Santaire donde en la poética prisión que le trazaban sus colinas tuvo que permanecer oculto, hasta que la causalidad echó en sus manos una punzante crítica de Voltaire contra la corte de

---

38 François-Marie Arouet (1694-1778). Filósofo e historiador francés. Utilizaba el seudónimo de Voltaire.

39 Dice «Isac» en el original

Luis XV en la cual salían a relucir desde los severos decretos y constantes maquinaciones del Mariscal[40] Richelieu[41] por la unidad nacional, hasta las amorosas veladas de la Marquesa de Pompadour y la Duquesa de Du-Barry. Entusiasmóse de tal manera el viejo Isaac con la sarcástica pintura y fino ridículo con que trataba a la fastuosa y corrompida corte, que se atrevió a felicitarla.

Fue éste el primer paso que creó una completa y amistosa correspondencia entre los pesares que en su sencillo lenguaje expresaba el perseguido protestante y la veraz y dura narración de escandalosos hechos con que lo favorecía el gran escritor.

Así se hicieron amigos y pronto pudo Voltaire con su ingenio, capaz de salvar todos los obstáculos, facilitarle medios de volver ya que no a Lyon, su antigua ciudad, sí a París. Brindóse para más seguridad su casa; aceptó Isaac y allí pudo notar el proscrito la diferencia que media entre una aldea de sencillas costumbres con habitaciones apenas amuebladas e inocentes pastorcillas, y una gran casa de París. ¡La casa de Voltaire!, llena de murmuraciones, ingenios extraviados y señoras *desveladas*. ¡Cuánta mujer lo deslumbró: cuánto objeto pasó a sus ojos! Y, sin embargo, lo único que cautivó primero sus miradas y después su pensamiento fue una preciosa caña de pescar, que en un testero del despacho del escritor estaba sujeta sobre dos garfios: era un verdadero objeto de arte: cada uno de sus extremos terminaba en un regatón de platino esmaltado con chispas de brillantes e incrustaciones de oro. Finísima cadenilla de plata pendía de uno de sus extremos, terminando en un pequeño anzuelo de oro!

---

40   Dice «Masrical» en el original
41   Armand Jean du Plessis (1585-1642), cardenal y duque de Richelieu.

Sorprendió un día Voltaire a su amigo observando aquel curioso objeto, y como le preguntase si conocía la aplicación de aquella caña de pescar, respondióle afirmativamente aplazando para la noche el comunicárselo.

II

Eran las diez de una noche deliciosa por lo fresca y estrellada, y ya las visitas familiares formaban en la sala del insigne Voltaire una velada, tan pronto literaria como política, pero siempre con los tintes de amor que en todas las horas y horizontes acompañan al hombre y que allí no podían faltar conversando y agasajándose con sonrisas, hechizos y cortesía la señora de Goutier y el opulento Banquero Montsoreau que después de agitarse durante el día en los negocios, de noche saboreaba las pícaras frases del *excomulgado impío* y los dulces coloquios de la señora Goutier; el señor Loyfredo y la divina Luisa Triquet de rasgados ojos y viva inteligencia; Tribayot capitán de fragata y la simpática señorita Monmonsereau; el joven periodista Alfredo Borré que divertía allá en un ángulo del salón a la risueña viudita Annebault. Y si esto era en lo amoroso que huye del bullicio buscando los tranquilos sitios como la espuma del mar las solitarias playas ¡qué no sería en el centro de la sala donde se debatían en acaloradas controversias, cuestiones literarias, de política y guerreras! Allí Voltaire, el primero en todo, prodigaba los tesoros de su ingenio; el coronel La-Vallere tan seco de rostro como de alma guerrera; el señor de Fort con detenidas reflexiones (muy importantes para él) sobre la época y los desfalcos de Hacienda; Grana-diere apostando mil luises a su caballo Buquíjan; y, en fin, más de veinte personas que amasaban un *pan-demonium*[42] de literatura, ciencias, y asuntos financieros, esmaltado todo con chispeantes anécdotas amorosas.

De pronto reinó un profundo silencio: Isaac apareció en el salón y Voltaire exclamó:

Ah, señores; os tengo preparada una sorpresa: Isaac me ha prometido contarnos esta noche el mérito que para él tiene esta caña de pescar que por casualidad ha venido a mis manos; y así diciendo buscóla en su despacho y dióla a Isaac que habló de este modo:

— Un árabe inmensamente rico llamado Buqui-Ará, al hacerle un gran favor en cierta ocasión me regaló esta caña que dijo estar encantada por haber pertenecido a la Princesa Zaráida mujer de sin par belleza, que amada por el Dios de los Genios fue arrebatada de su hogar para vivir en aéreos palacios cual los héroes de Ossian. Yo la conservé como un recuerdo y capricho hasta la violenta persecución que me hizo salir de Lyon y como se profanaron nuestros secretos ha podido llegar a manos del señor Voltaire. Su virtud consiste, según me dijo Buqui-Ará, en que siempre que se eche al agua su rico anzuelo ha de sacar la clave de algún misterio.

Pidiéronle todos los concurrentes que lo probase, y para hacerlo escogió una redoma que adornaba la sala con sus rojos pececillos.

Asombrada quedóse la reunión, al ver que la delgada caña se doblaba sobre el agua como si hubiese picado al-

---

42   Caos o desorden.

gún pececito y que a su anzuelo se había adherido una pequeña concha de nácar. Tomóla Isaac y como se abriese en sus manos, vieron todos que encerraba un finísimo guante acompañado de una tablilla de marfil con estas inscripciones:

«Quien entregare a la señorita Chambois un par de guantes como la muestra, reinará en su corazón.» Apenas hubo leído estas palabras el señor Isaac dijo:

— Voltaire, si de veras amáis a la señorita Chambois, haced un par de guantes como éste y será vuestra.

Sí, exclamó Voltaire lleno de júbilo. Pronto los tendrá.........

Los concurrentes al bajar las escaleras después de haber asistido a tan misteriosa revelación, decían por lo bajo: *«Feliz harán un par de guantes a M. Voltaire.»*

III

Una por una, todas la fábricas de París fueron recorridas por el filósofo; y en todas le dijeron que no había piel igual a la de la muestra. Infructuosas fueron igualmente todas las pesquisas que hiciera en el extranjero; y ya desesperado Voltaire, creía imposible su felicidad; cuando un viajero que había pasado algunos años en los bosques de América le aseguró, que la piel era de un *Gangué* y que entre los recuerdos de su triste peregrinación por aquél país conservaba la de uno que podría vendérsela.

Pagóla a alto precio Voltaire; y deseando aumentar su ya extraordinario mérito, determinó hacer él mismo el par de guantes; para ello, soportó con paciencia un largo aprendizaje con M. Bordenave, el mejor guantero de París entonces. Y pronto estuvo regada de guantes la casa de Voltaire; como de libros la mesa del estudiante, como de cuadros el taller de un pintor, como de melodías el cerebro del músico, como de sueños el alma del poeta.

Presentó un día al fin los guantes primorosamente hechos a M. Isaac y le dijo:

— Llevad con la caña mágica y la concha que me entregáistes estos guantes a la señorita Chambois y decidle: *por vos, señorita, Voltaire ha hecho guantes; ved lo que puede el amor.*

E. Sánchez Fuentes y Peláez.

Belleza, ¿dónde estás?

Bien podría decirse que el suntuoso palacio y los deliciosos jardines estaban separados del mundo por completo. Fortísimo y elevado muro los circundaba, y la maciza puerta de bronce, portentosa obra de arte y única entrada al misterioso recinto, sólo se abría en determinadas ocasiones para dar paso a seres privilegiados, o bien cuando llegaba algún convoy cargado con maravillosos objetos adquiridos a gran precio en los países más remotos. Imposible percibir desde aquel retiro lo que fuera acontecía. No salía de él ni el más ligero ruido. La mirada sólo podría recrearse en la contemplación de las bellezas allí reunidas, pues aún en las azoteas del palacio, la perspectiva quedaba limitada por el valladar de mármol y granito, cubierto de enredaderas cuajadas de florecillas. Era tan alta la muralla, que ocultaba hasta los majestuosos copetes de las ramas de los empinados robles y las encinas seculares.

¿Quién era el dueño y señor de aquél edén maravilloso? ¿Quién el misántropo o egoísta que se había rodeado de inestimables tesoros y bellezas, y permanecía oculto e ignorado?

Era un Príncipe, hijo del monarca quizás más poderoso de la tierra. Su padre quiso educarle de manera que fuese hombre de buen gusto y amante apasionado de lo bello. Este era su único ideal y el objeto constante de sus preocupaciones. Él, que había conquistado fama de artista y demostró siempre, en todas las cosas, un gusto exquisito y refinado; él, que acumulaba en su palacio las obras maestras de los mejores artistas, modelos acabadísimos en esculturas, relieves, lienzos y tapices, y almacenaba en extensas galerías las más perfectas creaciones de la orfebrería y la cerámica, no podía consentir que su hijo fuese de gusto depravado, o inclinado a lo grotesco y chabacano! A su alcázar acudían los artistas para completar su educación y llegaban los descendientes de otros reyes a depurar el gusto, permaneciendo horas tras horas con la boca abierta, asombrados, ante esos prodigios del genio y de las artes!

Al venir al mundo el heredero de su trono, después de mucho cavilar y de profundas reflexiones, dispuso – por pronta providencia – que al instante partiesen seis correos de gabinete en busca de la nodriza más hermosa que pudiese encontrarse en todo el reino. En seguida citó a los sabios de más renombre para que reunidos con él en consejo permanente, deliberasen y decidieran el partido que debían tomar en tan críticos momentos.

Llegaron los sabios, comenzando al punto la sesión que no terminó hasta una hora muy avanzada de la noche. El debate fue animadísimo porque las opiniones estaban muy divididas. Por fin se resolvió, en primer lugar, que debía edificarse un soberbio palacio rodeado de jardines, cercados éstos por una gran muralla. Allí permanecería el Príncipe hasta que alcanzase la mayor edad. Aquella morada sería el *summum*[43] de la perfección, arquetipo de arte, de modo que el que la habitara no cesase un instante de contemplar lo bello. Fijáronse luego muchos detalles y se decidió, por último, abrir un certamen al cual acudirían los artistas con sus planos y diseños. Un congreso de quinientos críticos, esco-

---

43   Dice «smumun» en el original. Summum significa «cima» en latín.

gidos entre los más fieros y exigentes, juzgarían los proyectos presentados y darían su aprobación al que llenase las condiciones requeridas. Todos aquellos hombres, gastados por el estudio, si bien no habían hecho durante su vida nada que mereciese la pena, en cambio eran eruditos en las ciencias y las artes, y profundos conocedores de la estética.

Todo llegó a realizarse a medida de los deseos del Monarca. Cuando el Príncipe comenzó a balbucear las primeras palabras, sólo se le acercaban los palaciegos que poseían una voz de timbre sonoro y agradable, y constantemente, a su presencia, ejecutaban deliciosas piezas los mejores flautistas y los más notables tocadores de cítara. Esas precauciones, sin embargo, parecían pocas, pues se temía que la garganta del chicuelo produjese sonidos destemplados y desagradables.

Cuando estuvo concluida la encantadora *prisión*, el Príncipe había cumplido cuatro años. A ella fue llevado en triunfo y con la pompa y ceremonial que se merecía su regia personita. Como era tan pequeño no pudo comprender el mérito de todas las cosas allí encerradas. Fue creciendo, y maldito si llamaban su atención los mármoles, los jaspes, el oro y la púrpura de su palacio; ni tampoco las flores, los lagos y las cascadas del jardín. Sus maestros le mostraban los cuadros más hermosos y las esculturas más bellas, le recitaban trozos de literatura clásica; pero nunca — les estaba terminantemente prohibido — permitieron que el discípulo emprendiese algo. Eso, jamás. Tal vez aquel muchacho se pondría a pintorrear mamarrachos, o entonar malas trovas o – lo que es más probable – a hacer versos horripilantes.

Tenía por lacayos jóvenes robustos y bien formados.

Acompañábanle en sus juegos los niños más hermosos y mejor educados del lugar. Visitábanle las damas elegantes y bellas de la corte y los nobles más almibarados y corteses. Se le atendía y cuidaba como a preciada reliquia. Jamás se le oyó llorar, y cuando, pasados algunos años, se hizo mozo, el placer y el dolor le eran desconocidos, no había experimentado pesares ni alegrías, nunca en sus labios se dibujó una sonrisa ni se trazó en su frente línea imperceptible.

Al cumplir los veinte años, díjole su padre que era preciso se casase. Al efecto haría un llamamiento a todas las jóvenes más lindas de la comarca para que en los días hermosos se paseasen por los jardines. El príncipe, oculto en un pabellón construido para el caso, las vería pasar y cuando encontrase alguna de su gusto no tendría más que salir y llevarla de la mano a la capilla donde recibirían al instante la bendición del sacerdote.

No dio el monarca este paso sin tomar las debidas precauciones. Al crítico más experto se le nombró conserje. Siempre alerta, debía dejar entrar en aquel jardín, únicamente, a las jóvenes de irreprochable belleza. Y el príncipe iba a ocupar su puesto todos los días en el artístico observatorio. Muchas fueron las jóvenes que penetraron en los jardines, muchas, todas encantadoras; y sin embargo, el Príncipe no se movía de su sitio. Preocupado su padre por esta indiferencia le dijo un día:

—Por qué no te decides? Acaso no te parecen bastante lindas las jóvenes que hasta ahora han recorrido nuestro jardín?

Más él permaneció silencioso, nada respondió como si le hablase en idioma desconocido. El monarca se retiró.

— ¡Si habré hecho una barbaridad! pensaba; este muchacho acostumbrado a vivir entre bellezas habrá llegado a formarse un ideal tan perfecto, que ahora nada le satisfará!

El desconsolado Rey pillaba fuertes dolores de cabeza y no salía de sus conjeturas.

— Si llegará a no enamorarse nunca! exclamaba con tristeza.

Y en efecto, a no ser por la casualidad así hubiese sucedido. Aconteció el crítico-conserje lo que le pasa siempre al que disfruta de buen sueldo y tiene poco por hacer: engordaba y dormía. Maquinalmente desempeñaba su obligación y pronto quedó convertido en autómata: – Entrad, entrad! eran las únicas palabras que dirigía a los que solicitaban penetrar en el jardín. Tan estúpido se hizo, que en una ocasión hubo de repetir esas palabras a un soldado.

Esta ocurrencia le hizo más advertido y cuidadoso en lo adelante; pero las malas mañas, es sabido, que no se pierden fácilmente. Días después, una tarde, presentóse ante el distraído guardián una joven harapienta y tan fea que no se le podía mirar sin espanto. Flaca, desgarbada, de rostro cetrino; sus escasos cabellos de color bermejo formaban una maraña.

— Entrad, entrad! repitió el perezoso conserje.

La muchacha pasó tapándose la cara para que no la viesen las otras jóvenes que por ser algo tarde se iban retirando.

En tanto el príncipe permanecía en su puesto. Allí reclinado sobre el pérsico tapiz, comenzaba a fastidiarse de la extraña exigencia de su padre. Era la primera vez que le molestaban. De pronto incorpórese, su mirada se fijó en algo desconocido para él, algo que jamás había visto; sus ojos fulguraban y su alma experimentaba una extraña y nunca sentida emoción. De un salto salió de su escondite, adelantóse hacia la joven harapienta y fea que avanzaba por la enarenada senda, y se arrojó a sus pies.

Ella, asustada, toda temblorosa, quiso huir; más él la detuvo, y con la mirada ardiente, alterada la voz y el corazón henchido de pasión[44], le decía.

— No, no huyas; tú eres distinta a las otras, no hay una que se te parezca, ¿dónde has estado? ¿por qué no venías a buscarme?

— Porque soy fea!, respondió ella tímidamente.

— No te comprendo... – dijo el Príncipe – Yo te amo y en este momento vas a ser mi esposa!

No se daba cuenta de lo que sucedía. Por primera vez en su vida había encontrado algo que le llamase la atención, que le atrajese. Era la primera mujer fea que se le había presentado. Hasta entonces su vista sólo se había fijado en objetos de perfecta belleza, su sorpresa no tenía límites, y quedó enamorado de aquella horrible criatura. Juntos los dos, hablando de dichas y de goces, se dirigieron a la capilla.....

Gran discurso le produjo al monarca lo ocurrido. Lamentábase de su desgracia ante los cortesanos; pero estos viéndole ya anciano y queriendo captarse la benevolencia del que pronto sería Rey, le respondían:

— No lo creáis, no, la novia es muy linda!

Estas respuestas confundían al desconsolado padre que parecía buscar en lo más hondo de su memoria la cau-

44   Dice «paslón» en el original.

sa del extravagante comportamiento de su hijo. A ratos movía la cabeza y exclamaba:

— Aunque, pensándolo bien, todos dicen que es bella, y cuando ellos lo dicen.... ¡quién sabe si seré yo el equivocado!

M. Remo

Tres poemitas

El cazador

Él era un pobre hidalgo, sin más patrimonio que una ejecutoría de nobleza rancia; y en vano fue todo lo que hizo por convencer al padre de su amada – un tirano – para ablandar su corazón. El conde encerró a su hija, la de los ojos oscuros, cuyo mirar era tan lánguido como un crepúsculo, y la puso centinelas de vista, que iban siendo, a medida que se relevaban en la guardia, otros tantos rivales del hidalgo maltrecho y enamorado. ¡Tal poder ejercían aquellos ojos oscuros, sobre el que los contemplaba!

El hidalgo se consideró vencido en la contienda, porque los golpes de su ballesta eran impotentes contra los fuertes muros del castillo almenado y decidió acallar su corazón (como si esto fuera posible), romper con los recuerdos (como si alguien pudiera vivir sin ellos) y echarse a rodar por los bosques sombríos, al hombro la enarcada ballesta, en busca de caza para hallar el alimento del cuerpo, y en busca de un rayo de luna o de un alborear majestuoso, a quien entregar su corazón lacerado.

Un día, sintiendo hambre, atisbó el rastro de un cervatillo, siguió las huellas marcadas en el húmedo sendero, distinguió hierbas estropeadas y al fin, muy lejos, cuando la fatiga de la carrera lo postraba, divisó jadeante, asustada, de pie sobre un montecillo, una gacela. Armó la ballesta, descargó la punta acerada con tino, y corrió al montecillo donde expiraba la perseguida.

Esta lo miró tristemente, de una manera tan lánguida como un crepúsculo.

— ¡Así tiene ella los ojos!, prorrumpió llorando el pobre hidalgo, que creía vivir sin corazón y sin recuerdos, como si esto fuera posible.

Peso del oro

Como Rodolfo había apurado hasta las heces todos los placeres, en lo moral era un dispéptico, enfermo del hartazgo de amarguras devoradas una a una, día por día.

Su inmensa fortuna puede decirse que lo abrumaba. La dicha de poseerlo todo le producía el hastío del bienestar, enfermedad de lord. Como no creía en resistencias, acostumbrado a vencer por la fortaleza de su carácter o por el poder de su oro, odiaba a todas las mujeres, menos a una muy débil, de ojos azules, de semblante tan dulce como el de una Madona, y que, al andar, se mecía blandamente, como en el tallo la tuberosa. ¿Y sabéis por qué no la odiaba Rodolfo, al igual de las otras? Porque ella le suplicaba que la dejase en paz; y añadía que, de no acceder Rodolfo, sería incapaz de huir del abismo que la atraía...

Rodolfo el apóstata se regeneró por el amor más puro, más ideal y se casó con ella – la única mujer en quien creía, porque no se le había resistido.

Después de la boda que se efectuó antes de la salida del sol, los novios se embarcaron, junto con su amor y sus inmensas riquezas, de América a Europa.

Una noche, la niña sensitiva, sueña en voz alta, y Rodolfo la sorprende diciendo: «¡Ya soy rica!... Pero no hay dicha completa! Arturo, Arturo – repetía la sonámbula – mi amor es tuyo! »

Rodolfo abandonó la litera, registró minuciosamente ridículos y maletines; en las letras de cambio envolvió las onzas de oro y los doblones de a cuatro; lió el oro y las letras que formaron un considerable y pesado bulto, y fuese con él a cuestas, hacia la desierta popa del paquete inglés.

Atóse a los pies el áureo peso, saltó la barandilla y se arrojó al océano, cuya amargura era la única que no había devorado todavía...

Dos viajes

Entre Adolfo y Vicente existía una estrecha amistad, nacida desde la niñez, afianzada luego en el colegio y probada en los lances juveniles, cuando hubo pasado la adolescencia.

Ambos poseían bienes de fortuna considerables; pero mientras Vicente preparaba un gran ramo de violetas para obsequiar a su madre en sus natales, el mismo día Adolfo se dirigía, camino del Cementerio, a depositar sobre un mármol muy pálido, una corona de siemprevivas: el tributo del huérfano.

Adolfo y Vicente, ansiando otros horizontes, dejaron la Habana para dirigirse a Europa, pasando por los Estados Unidos. Por cierto que, al despedirse la madre de Vicente, le decía: «¡Cuídate! ¡Ven pronto!» y le daba un beso, con los ojos arrasados en lágrimas; y el tutor de Adolfo, después de estrecharle la mano fríamente, le recomendaba que no fuera pródigo . . .

Llegaron a New York los dos amigos, y al cabo de algunos días ya estaban impacientes por proseguir el viaje a París.

Se terminaron los preparativos del viaje; las boletas del pasaje fueron pagadas y visitadas las cámaras del inmenso buque de Cunard en el que habían de embarcarse al otro día.

Vicente recibió una carta de su madre en la que ésta le decía: «Ven, Vicente, hijo mío; tu ausencia me mata. No vayas a Europa ¡tardarías tanto! y luego... ya tendrás tiempo, porque ya mis años me van pesando demasiado. Ven, ven y toma este beso que te envío.»

Adolfo trató de convencer a Vicente: Escríbele a tu madre; dile que ya has tomado el pasaje; que ya eres un hombre; que sería ridículo volver sin haber visto a París ...

— ¡Me vuelvo a la Habana mañana mismo! – contestó con convicción Vicente – ¡Me llama mi madre, mi madre del alma!

Adolfo no insistió. Se marcharía sólo a París ¡qué le iba a hacer!

Y aquella noche, a la salida del teatro, Adolfo fue herido por un airecillo cortante y frío, como un puñal. Y cuando clareaba el día despertó a su amigo Vicente, que lo contemplaba moribundo.

— ¡Adolfo, Adolfo!, mi amigo, mi hermano: ¿qué tienes?

Y Adolfo, el huérfano, en las ansias de la pulmonía fulminante, le contestó, señalándole el cielo:

— Tampoco... voy... a París. Me... llama... mi... madre, mi... ¡santa madre!

Enrique Hernández Miyares

La última página

Hace cinco años, cuando empezaba mis cursos en la Universidad, asistía regularmente a las clases un joven de singular aspecto y extraña conducta.

Era en los primeros días de clase; apenas nos conocíamos y guardábamos por consiguiente esa reserva, mezcla de temor y desconfianza, que se siente antes de estrechar relaciones de amistad.

El compañero a que me refiero, se sentaba en un rincón, a poca distancia de mí; desde allí parecía oír con atención las explicaciones del Catedrático, que lo era entonces el Dr. D. Rafael Fernández de Castro[45], y sólo se interrumpía para escribir en un cuadernito. Probablemente tomaba notas de los hechos históricos que relataba el profesor.

Confieso que despertó vivamente mi atención él para mi extraño personaje, toda vez que no hablaba con nadie, permanecía siempre apartado y serio y revelaba en su aspecto un aire muy macabro de sufrimiento y laxitud.

Hubiera querido hablarle; pero no me atrevía a tomar la iniciativa. Él, concluida la clase, tomaba su sombrero y con el cuadernito debajo del brazo, se marchaba sin pronunciar una palabra.

Pregunté a algunos; nadie le conocía.

El joven me iba preocupando hasta el extremo de esperar con impaciencia la hora de salida, tropezar con él y hacer amistad de ese momento *encontradizo*.

---

45   Rafael Fernández de Castro (1856-1920), catedrático, historiador, ensayista y político autonomista cubano.

Pero nada, mi nombre ni siquiera se apercibía.

Dos o tres meses estuve velando una ocasión; al fin creí encontrarla.

Al levantarse, el joven dejó olvidado su cuaderno de notas, y yo que estaba pendiente de todas sus acciones, me lancé sobre el libro antes que algún compañero se me adelantase.

En posesión de aquella prenda, calculé que no tendría más remedio que hablarme cuando fuera a devolvérsela.

En mi cuarto examiné el libro, pensando curiosamente que el carácter de letra me revelaría al individuo.

Eran notas las que había escritas allí, pero no como yo me figuraba, concernientes a la clase. Frases sueltas, tres o cuatro renglones seguidos, una palabra sola, mucho signo ortográfico y bastantes garabatos, como si con rasgos se hubiera querido definir una situación.

Aquello era muy extraño; decía así:

«Tengo veinte años; algunas veces creo que son setenta.

A los ocho años entré en el colegio; salí a los dieciséis; hace cuatro años que estoy libre. ¡He sufrido tanto!

No he conocido a mi padre; no me acuerdo de mi madre. Yo creo que no los he tenido nunca.

¡Soy un desdichado!

———

Cuando estaba en el colegio los maestros me decían: ¡trabaja! – Nunca una sonrisa, jamás una palabra cariñosa.

Veía la luz por entre las ventanas de los cuartos y salones. En ocho años no respiré el aire puro de la calle.

Me he criado enteco, débil y enfermizo.

¡Soy un miserable!

———

Los sábados, cuando mis compañeros se marchaban a sus casas, hubiera deseado morirme. (Ni uno solo se acordaba de mí.) Yo me quedaba olvidado, en un rincón, como un mueble fastidioso.

¡Si no sabéis lo que es sufrir; experimentad el abandono de vuestros semejantes!

¡Ah! Aquellas horas eternas de soledad y de tristeza, aquellos salones muertos y sombríos!...

Mi alma vagaba por los extensos corredores del colegio, como esos espíritus condenados a la expiación y al remordimiento.

———

Había otros de mi mismo apellido; desde entonces me pusieron un número.

Era un presidiario.

Llegué a olvidar los vagos recuerdos de mi niñez.

¡Mi niñez! ¿Tenía alguna cuando a los ocho años me encerraron en un claustro?

No sé cómo he conservado desde entonces la memoria.

———

¿Amigos? No los he tenido. Ninguno quiso asociar su felicidad a mi desgracia. Ninguno me tendió la mano para sacarme del abismo.

Ni uno sólo pronunció a mi oído una palabra que no fuera la expresión egoísta de un placer gozado fuera de allí, o la pintura mezquina de una función o de otro cualquier espectáculo alegre.

Se me echaba al rostro, como una falta, mi vida solitaria.

¡Oh! estoy muy agradecido de los hombres!

———

Una vez oí hablar en malos términos de la madre de uno de mis compañeros. Tomé la defensa del ausente, di de bofetadas al difamador y tuve que batirme.

En el colegio nos batíamos con el compás grande de nuestros estuches de matemáticas, en la forma con que lo hacen con sus navajas los gitanos en España.

Un duelo a pinchazos cuya gravedad no calculábamos.

Recibí en el hombro[46] derecho una puñalada que me llegó al hueso. Pasé seis semanas en la enfermería y quince días en el calabozo.

Desde entonces, sonrío cuando oigo hablar de la justicia divina.

———

46   Dice «hombre» en el original.

Ese mismo compañero, por cuyo honor recibí una herida, que me parece aún sufrir dolorosamente, me insultó ante los otros, por haber obtenido un premio que él creía seguro de ganar. ¡El reconocimiento de los hombres!

La gratitud. ¡Linda palabra!

———

Yo que he visto la perversidad franca y espontánea de tanto niño, siento pavor al pensar que hoy son hombres de apreciable consideración.

¡Lo que cubre la máscara del disimulo y la mentira!

———

¿Qué es la virtud?

Una palabra.

¿Qué es el honor?

Un egoísmo.

¿Existen afecciones sublimes?

No lo sé.

Lo único que conozco es las penas, el desaliento y las miserias de los hombres.»

———

Había muchas páginas escritas, la mayor parte ininteligibles.

Cerré el libro y pensando en él pasé una noche tristísima.

Al día siguiente a la salida de la clase lo entregué a su dueño.

Al tomarlo me preguntó con interés:

— ¿Ud. lo ha leído?

No pude mentir y respondí:

— Sí...

Me miró fijamente, murmuró una palabra que no entendí y por un movimiento brusco se alejó de mi lado.

Después no volví a verle por las clases ni por la Universidad.

*
* *

Hace pocos meses, cinco años después de lo que he referido, me hallaba en una brillante *soirée*[47] en casa de una de las señoras más elegantes de esta ciudad.

Desde el hueco de una ventana permanecía oculto, contemplando las parejas de baile, a las que seguía con la vista hasta perderlas en la alegre confusión que forman las ondulaciones del wals.

Unas palabras que llegaron a mi oído, me sacaron de mi distracción. Dándome la espalda había un grupo formado por una señorita encantadora, vestida de blanco y un joven de fino y elegante porte.

Ella era un tipo ideal, delicada como una azucena, esbelta como un lirio.

Su voz dulce y armoniosa era la que yo había escuchado.

— Es preciso, decía ella.

---

47 Velada.

— ¿Y me amarás siempre? preguntaba él.

— ¡Siempre!

— ¿A pesar de todo?

— ¿Qué te importa? replicaba ella.

— ¡Oh! Tú no sabes lo que son celos!

Me alejé de allí por discreción, ¡todavía un dichoso dúo, pensaba, felices los que aman y son correspondidos!...

Una mano se posó en mi hombro, me volví rápidamente y quedé sorprendido ante el hombre que tenía delante de mí.

Era mi antiguo compañero del colegio, el joven del cuaderno de notas.

— ¿Usted me recuerda?, me preguntó.

— No lo he olvidado un momento.

— Y... ¿Cómo se encuentra usted?

— ¡Oh, muy bien!

Efectivamente, estaba desconocido. Aquella fisonomía triste y pensadora, ya no existía; el aire de sufrimiento y laxitud habían desaparecido.

— Soy feliz, muy feliz; yo creía que todo era falso porque no conocía el amor; ahora que amo a un ser puro y bueno, creo en la sinceridad y en la virtud. El único lazo que puede ligar al hombre a los seres que le rodean, es el del cariño. De ahí viene la confianza y la felicidad.

Estaba atónito ante aquella regeneración.

— La mujer que adoro, prosiguió él, es un ángel de inocencia y de candor, me ama con toda pureza de su alma, y si algo nos entristece todavía es el tiempo que falta para no separarnos nunca.

— Venga usted, continuó, quiero que la conozca.

Me llevó a la sala, y antes de mostrármela, todavía agregó, a manera de sentencia:

— La vida es un bien al lado de los buenos.

Buscó con la mirada y señalando a un extremo, me dijo

— Es la del traje blanco que está en el hueco de la ventana, hablando con aquel joven. Es un amigo nuestro.

Sentí un estremecimiento y del mismo modo que había hecho él cinco años antes, me aparté bruscamente de su lado.

HÉCTOR DE SAAVEDRA
Mayo de 1887

Amor inconstante y amistad fiel

Que Rosario no era muchacha de alta jerarquía saltaba a la primera ojeada. Denunciaban su triste condición de costurera la estameña burda de su traje liso, de sus maneras encogidas y, más que nada, la suave aspereza que mostraba en el dedo índice producida por los trucidamientos de la aguja.

No obstante, Rosario era lo que se llama una buena moza. Tenía el andar majestuoso y ondulante como si de reina y hada fuese a un mismo tiempo; fresco el reír y vivo el mirar. Las vigilias habían secado las amapolas de su cutis finísimo; pero aquella palidez mate de sus mejillas, que rojeaban cuando el pudor la sorprendía infraganti, le daban al rostro no sé qué toque de melancolismo, haciendo resaltar la honda negrura de sus ojos grandes.

Pobre y huérfana vivía Rosario en unión de una anciana tía, señora de corazón de oro; pero, baldada y achacosa, apenas si podía ayudarla en los quehaceres domésticos.

Además de la consabida máquina de coser con que ganaba el sustento, había heredado Rosario de sus padres dos fieles compañeros, dos seres queridísimos, a quienes ella contaba las secretas intimidades de muchacha soltera. Tití y Mirringo, que así se llamaban, eran un pájaro y un gato muy viejos en la casa, más viejos que la misma Rosario, pues según se cuenta aquellos dos animalitos la habían visto nacer y bastante que la habían entretenido cuando lactaba mientras su madre cosía o fregaba. El pájaro con su hermosa y rica chaquetica de plumas azules y blancas era un azulejo bonito hasta lo indecible, parlanchín como ninguno y tan educado que había aprendido a comer granos de alpiste en las manos de la muchacha y a picotear ramitos verdes en su boca rosada. ¡Pues y el gato! atigrado, muy orondo con su gabán de pieles que le llegaba hasta los pies, saltarín, muy revoltoso y con más picardías y maldades que el mismo Aponte.[48] Lo más raro del cuento era las excelentes relaciones amistosas de Tití y Mirringo. Ni aquel llegó a sospechar de éste, ni éste mostraba deseo alguno de merendarse a aquel, a pesar de los instintos carniceros de la raza felina. Hasta llegaron a comprender cada uno el dialecto del otro y disque entablaban muy a menudo tiradas conversaciones a maullidos[49] y gorjeos.

El gato y el pájaro eran, pues, las únicas distracciones de Rosario. Tití, tan aturdido como siempre, atronaba la casa con sus agudos trinos, aunque le ganaba en aturdimiento, si bien por otro estilo, aquel Mirringo, que enredador como él solo, gustaba de acostarse hecho un ovillo dentro del cesto de costuras y mangonear en él, revolviéndolo todo, juegos que causaban a Rosario risa estrepitosa. Entonces Tití, enmudecía como celoso de aquella predilección y hacía voto de no cantar lo menos en quince días.

Pero esta vez quedó vengado el pájaro a la mañana siguiente y pitorreó con tal algarabía que si el gato le hubiera podido echar la zarpa, entonces sí que lo pasaría bien mal el volátil. Es el caso que queriendo Mirringo romper la hebra que entre sus manos tenía Rosario, extendió una

---

48   José Antonio Aponte, militar negro acusado de liderar una conspiración de esclavos en Cuba. Fue apresado por las autoridades españolas y ahorcado en 1812.
49   Dice «mayidos» en el original.

de las suyas con tan buen tino que la aguja se le atravesó de parte a parte, quedando casi manco. Rosario por poco se descuaja de risa y Mirringo se puso muy serio: lo que más le dolía a él era la alegría inusitada del azulejo, porque, vamos a ver, ¿qué tenía él que meterse en sus cosas?

La inquina del gato tenía trazas de durar mucho tiempo hasta que una mañana, que acertó a pasar por cerca de la jaula del pajarillo, este le habló así:

— Pi... pi... pi... señor Mirringo, ¿quiere Ud. ser amigo otra vez?

— Miau... miau... señor Tití, en eso estaba yo pensando, porque la pobre del ama está muy triste desde que nos ve reñidos.

— Eso mismo he notado yo, y la pobre ama es tan buena! – pitorreó el azulejo.

— Eso es, tan buena! – maulló[50] el gato.

— ¡Pues seamos amigos! – repitieron a la par.

Y gato y pájaro armaron tal gritería que Rosario tuvo que dejar la costura, porque el gozo se le salía del cuerpo al saber las paces que acababan de concertar sus amigos íntimos.

Así vivía Rosario; ni envidiaba ni envidiosa, gozando y sufriendo únicamente con las alegrías y tristezas de Tití y Mirringo.

II

Por entonces le ocurrió a Rosario un lance lo más natural del mundo, pero que evidencia claramente que cuan-

---

50   Dice «mayó» en el original.

do el diablo no tiene en qué ocuparse, hace de las suyas. Cierto sábado al ir a entregar a la tienda la tarea de la semana, quiso la mala fortuna que los flecos de la manta de Rosario se enredasen en el botón penúltimo del chaquet del alegre jovenzuelo que asistía al establecimiento en calidad de amigo del amo y al olor de las vestales del templo de la costura. Era el tal, peripuesto pisaverde, muy sopladico y repulgado, con mucho viento en la cabeza y demasiadas pretensiones de conquistador, para creer que Rosario jamás había parado mientes en los requiebros que en otra ocasión se había permitido dirigirla y para no pensar que el tal enredijo de flecos y botón había obedecido a móvil menos puro que a la indiscreta casualidad, que suele, a veces, hacer cada cosa que ni de encargo. Él, claro, queriendo desembrollar la maraña, la enredaba más, hasta que la muchacha intervino toda colorada y con sus dedos de marfil y rosa, como si de virgen fuesen, deshizo el entuerto. Quieras que no, ella tuvo que mirarle a los ojos al contestar toda trémula un «no hay de qué» a un desenfadado «usted dispense.»

De perlas vendría aquí su poquito de filosofismo y su mucho de preguntas sin respuestas acerca de la tal mirada, pero yo amigo de la sencillez diré que él decidióse de una vez a enamorarla, pues que la ocasión tan propicia se le mostraba, y que a ella no le pareció él mal del todo, puesto que aquella noche durmió muy poco y es fama que soñó con un alado querubín, engañador y marrullero, que pugnaba por asestarle en el lado izquierdo del pecho doradas flechas, después de haberle vendado los ojos, como si quisiera jugar con ella a la *gallina ciega*.

Al día siguiente rindió poco la costura. Rosario se distraía muchas veces, el hilo se enredó no sé cuántas, la máquina estaba torpe, la correa qué sé yo que tenía que no andaba bien, hasta que al fin se pinchó un dedo la muchacha. Esto la sirvió de pretexto para asomarse a la ventana y quedose estupefacta al contemplar a Méndez, como ella le llamaba, fijo como un poste en la esquina; al ver a Rosario, la saludó con finura quitándose el sombrero, continuó paseando un rato la cuadra y marchóse luego no sin antes haber deslizado en el oído de la costurera amorosa y patética declaración, impresionándola tan vivamente, que sus alegrías de niña cándida convirtiéronse de súbito en tristezas de muchacha enamorada.

Fuéronseles las ganas de comer y, lo que es peor, no cayó en la cuenta de que porque ella estuviese desganada no había razón para que Tití y Mirringo se quedasen sin comer y olvidóse de renovarles la comida.

No lo pasaron por alto el gato y el pájaro.

Al anochecer entróle el hambre a Mirringo y subiéndose a una banquetilla maulló[51] de este modo:

— Miau, miau, señor Tití.

El azulejo que acababa de acurrucarse en una de las cañas de la jaula para dormir, saltó de improviso y acercándose a las rejas de su prisión, contestó:

— Pi, pi, pi, señor Mirringo, ¿qué ocurre?

— ¿Le han dado a Ud. hoy de comer?

— A mí no ¿y a Ud.?

— A mí tampoco; y la cosa es grave. ¿No ha observado Ud. que el ama está muy tristonaza y se distrae mucho desde hace días?

---

51   Dice «mayó» en el original.

— ¡Vaya que si lo he notado! Hoy se ha pinchado un dedo como le ocurrió a Ud. aquel día, ¿se acuerda?

— Bien, bien, señor Tití, no saque recuerdos que no vienen al caso. Hay que averiguar la causa de esa variación en la pobre ama, ¿entiende Ud.?

Al oír Rosario tal bullanga a aquella hora, comprendió enseguida el motivo y puso a Tití un puñadito de alpiste y dio a Mirringo unos trocitos de carne.

No por eso cejaron el gato y el pájaro en su empeño y decidieron efectuar las pesquisas necesarias para sorprender el origen de la tristeza de Rosario.

III

Tía y sobrina limpiaron y arreglaron la casa, poniéndola como tacita dorada. Diríase que la pizpireta alegría se había trasladado allí con toda su cohorte de locuras y risas.

Mirringo saltaba que ni un gamo, y Tití gorgeaba como nunca, llenando la casa con sus trinos dulcísimos.

Llegó la noche, al fin; aquella noche tan deseada por Rosario en que Pablo Méndez, su novio, había de solicitar su mano.

Rosario había estrenado sencillo traje de *surah* deslustrado que en su cuerpo airoso parecía de reluciente seda, y finas parecían también aquellas dormilonas de *doublé* que lucía en sus orejitas sonrosadas, y aquella herradura con cifras que sujetaba el corpiño de punta a su cuello tornátil.

Que Méndez conferenció con la tía y que tras los cumplidos y ceremonias que son de rigor en estos casos, fue admitido el noviazgo sin más condición que la de que se viesen en su presencia, son cosas que ni citarse debían porque suponerlas tiene el lector más romo.

Lo que sí debe consignarse es que mientras el novio hablaba con la tía, Cupido, el arrapiezo de Cupido, se había escabullado por debajo de la puerta y oculto en un rincón de la sala parecía reventar de risa cada vez que el novio hablaba de sus intenciones puras y de su matrimonio breve.

Rosario estaba más contenta que unas castañuelas, y al despedirse Pablo, abrazó a su tía, después de hablarse ambas mil simplezas acerca de su porvenir risueño de ilusiones venturosas y de inacabables dichas. Y como la imaginación, y más si es joven, hace andar tan ainas a las muchachas inexpertas, hasta pensó Rosario en el secreto y purísimo goce de la maternidad, si hemos de juzgarla por aquella llamarada ruborosa que súbitamente fulguró en su rostro, y que la hizo acordarse en las rodillas e inclinar la frente entre las manos, como si su pensamiento hubiese sido presa en no sé qué dédalo de extrañas percepciones y remembranzas tristes...

Todo fue viento en popa. Pablo parecía cada vez más enamorado y no sabemos cuántas cosas prometió y qué confesiones hizo. Dijo que estaba a punto de concluir su carrera de Abogado, que su familia residía en el campo, donde tenían inmensas propiedades y que ya había escrito a su padre participándole su resolución de casarse con Rosario.

Mirringo, que había estado oyendo esta conversación, dio un salto y corrió a la jaula del azulejo.

— ¿Sabe Ud., señor Tití, lo que ocurre?

— Yo no, si Ud. no me lo dice.

— Pues que se nos casa el ama.

— No lo crea Ud., Sr. Mirringo, ese hombre la engaña.

— Casi estoy por creerlo.

— ¡Como que lo digo yo, que tengo un pico!...

— ¿Cómo aconsejaríamos al ama?

— ¡Oh, señor Mirringo, ya hablaremos de eso mañana, porque ahora me caigo de sueño!

— Pues, buenas noches, señor Tití.

Y el pájaro metió la cabeza entre las alas, mientras el gato se hacía una rosca debajo de la mesa.

IV

Ya se había fijado formalmente el plazo para la boda. Rosario presentía un paraíso muy hermoso en lontananza y a la chita callando[52] se dispuso a hacerse, por sus propias manos y a ratos perdidos, el vestido de novia.

Un domingo la tía de Rosario aquejada de fuerte jaqueca no se levantó del lecho. El amor andaba muy revoltoso aquella noche y los amantes pudieron verse solos...

Tan pronto como se despidió Méndez, Mirringo saltó a un armario que casi tropezaba con la jaula de Tití y con los ojos tan abiertos que parecían dos estrellas, habló mucho con el pájaro. Como hablaron tan quedo, sólo pudo oírse que Tití decía:

---

52   Dice «callanda» en el original. «Chita callando»: juego de muchachos. Frase que significa «en silencio».

— ¡Eh! eh! ¿qué le dije yo a Ud., Sr. Mirringo?

Y que el gato contestaba:

— ¡Pobre Rosario!

Siguieron las cosas en el mismo estado. Más al poco tiempo Pablo comenzó a escasear las visitas a la costurera, pretextando ocupaciones y negocios. Hasta que un día tomando la ocasión por los cabellos (a pesar de que la pintan calva) increpóla duramente por no recuerdo qué motivo baladí; la muchacha contestó con altivez, y él, lejos de apaciguarla, la encendía más, como obligándola a violentarse.

La bronca voz de Méndez crepitaba tartajosamente, hasta que la tía de Rosario con su intervención oportuna, puso punto a la discordia. Marchóse el novio y a los dos días escribió a la muchacha, diciéndole que concluidas sus relaciones, tenía el propósito de ausentarse para el extranjero.

Tan brusco rompimiento fue para Rosario terrible golpe. Enfermó gravemente y poco a poco fueron agotándosele los recursos con que contaba. La tía de Rosario propuso vender el azulejo para comprar cierto menjurje que el médico le había indicado. Opúsose al principio la pobre muchacha, mas luego no pudo menos que rendirse ante las razones potísimas de la buena señora; y la venta fue acordada.

Con espanto oyó Tití semejante proposición. ¡Qué ingratitud! ¡Dios sabe adónde y con quién iría! Aquella noche no pudo dormir, y en cuanto quedaron solos, entablaron gato y pájaro el siguiente diálogo:

— Pero ¿se ha enterado Ud. de lo que me pasa, Sr. Mirringo?

— Mucho que sí, señor Tití, y le digo a Ud. que lo siento.

— Yo estoy que no me llegan las plumas al cuerpo. ¿No habría modo, Sr. gato, de que Ud. pudiera evitar mi venta?

— Imposible, amigo pájaro. Ya sabe Ud. que si sale de esta casa es porque la pobre del ama necesita del valor de Ud. para vivir.

— Entonces me voy a gusto. Pero, dígame, ¿a Ud. le parece que adelantará algo con mi venta?

— Creo que no. El ama se muere irremediablemente.

Y Tití fue vendido a una señora del vecindario, enamorada de los trinos y gorgeos del precioso azulejo.

V

Conforme había profetizado Mirringo, Rosario expiró a los pocos días. Su tía a la cabecera y el gato a los pies, mirando fijamente a su ama, fueron los únicos testigos de su muerte.

Aquel mismo día los periódicos anunciaban las bodas de Pablo Méndez con una conocida señorita de la aristocracia.

La tía abandonó la casa y Mirringo al verse solo, saltó de tejado en tejado y fue a parar a la casa en que vivía Tití y tras de dar mil vueltas topó con la pajarera.

Tití al reconocerle, casi se vuelve loco de alegría.

— ¡Usted por aquí, Sr. Mirringo! ¿Qué trae de bueno? ¿y el ama?

— ¡Ha muerto! – le respondió el gato tristemente. –

Aquel pícaro de novio la ha matado y ahora dicen que se ha casado con otra. Al verme sólo allí, dije: con Tití me voy; y ya lo ve Ud.

— Pues viene Ud. muy a tiempo. Esta mañana he oído decir a la señora que necesita un gato, preséntese y será admitido.

Así lo hizo Mirringo. Descolgóse por una ventana, y colándose por un canal de hoja de lata, fue a dar al cuarto de la ama de la casa.

A ésta no le pareció mal el gato y se quedó con él.

Desde entonces Tití y Mirringo siguen viviendo juntos...

RAMÓN A. CATALÁ

Por una, otra

En un coche del ferrocarril[53] urbano y con dirección al Carmelo, iba cierto día un hombre joven, en cuya fisonomía se revelaba algo de esa indefinible tristeza, propia de los caracteres violentos.

Detúvose el tren en la esquina de la calle que conduce a los baños, en la población del Vedado, y los pasajeros que ocupábamos el coche, pudimos observar que el joven de mi cuento, como sorprendido de alguna aparición repentina o influenciado por un inesperado recuerdo, se arrojó a tierra cuando ya el tren iba a continuar.

Muchos fuimos los que en aquel lugar abandonamos el tranvía porque a la sazón se celebraba un desafío de pelota en los terrenos en que primitivamente jugaba el *club Habana* y que pasó más tarde a ser propiedad de los vasco-navarros. No era el *baseball*[54] entonces lo que ha llegado a ser después: la mayor parte, si no toda la concurrencia, se distinguía en aquella época por su traje y por su educación y no habían nacido esas ridículas rivalidades, que han venido luego a hacer de una diversión favorita de la juventud habanera, algo así como un *simulacro* de los espectáculos bárbaros de los tiempos de Bizancio.

Pero déjome de *filosofar* y vuelvo al cuento de mi hombre, o al hombre de mi cuento.

Desde luego que me interesó la presencia del sujeto, le seguí a corta distancia. Vi que se dirigía al *entoldado*, lu-

---

53   Dice «ferro carril» en el original.
54   Dice «*base ball*» en el original. Juego de pelota.

gar de preferencia que tenían los socios y los invitados, y allí también encaminé mis pasos. Mi hombre se acercó a un grupo de mujeres, entre las que descollaba por su arrogante belleza, una que sin ser muy joven – 30 años a lo sumo – atraía las miradas y la atención de todos. Un movimiento señaladísimo de sorpresa, y más que nada de deseo frustrado, asomó al rostro del joven; pero instantáneo como el rayo, vi de nuevo iluminarse su mirada. ¡Era que la semejanza de aquella mujer con su ideal, habíale causado inusitada impresión!

Tiempo hacía que *Arturo*– así se llamaba el enamorado galán – perseguía con inquebrantable afán el cariño de una mujer a quien adoraba, ciego, con esa pasión loca de los amores imposibles. Sin desmayar en sus propósitos porque el deseo le subyugaba, no se detenía ante los obstáculos que fatalmente se oponían a la realización de sus deseos; y así era que en vez de procurar distracciones que le alejaran del abismo en que se precipitaba, iba de día en día, con nuevos alicientes, avivando en su alma el fuego devorador que le consumía.

La aparición de aquella otra mujer, su semejanza, tal vez la impresión que recibiera ante la sorpresa del engaño, hicieron que los efectos de una reacción violenta, determinara nuevo curso a la enfermedad de *Arturo*.

Desde entonces, sin olvidar el objeto primero de sus cavilaciones y desvelos, empezó a sentirse invadido por el recuerdo de la *otra:* preguntaba a unos, inquiría de otros, y nadie sabía darle razón de aquel ser espiritual que tanto había de influir más tarde en los destinos de su existencia.

Para ser más notable la identidad entre las dos mujeres, resultó que ambas tenían igual nombre: *Delia*. La primera había llevado la tempestad a aquel corazón tranquilo; había decidido del porvenir de un hombre que ya se debía a otras afecciones: la segunda venía como ángel de inmaculadas alas a ceñirse amorosa sobre la frente del poeta. Sí, porque *Arturo* pertenecía a esos seres privilegiados que sienten y piensan con el crujido de las olas y los murmurios de la brisa. Por eso, impresionable siempre arrebatado en sus reprimidos deseos, en la cárcel estrecha de sus pasiones, no vislumbrando ningún rayo de esperanza, sintióse renacer a nueva vida, cuando otra deidad apareció a sus ojos. Casi puedo decir que amó en ésta a aquella por el imposible de obtenerla.

Llegó por fin un día en que la casualidad lo condujo al lado de su nuevo amor. Invitado por un amigo para hacer una presentación cerca de una joven, de su amistad, a quien se deseaba conocer, satisfizo el interés de su compañero. A la salida hiciéronse comentarios sobre la vida y antecedentes de la amiga y se descubrió su belleza. *Arturo* opinaba que ésta no era sobresaliente y que conocía otras de mayor valía. El nombre de Délia – la nueva – se le vino a los labios, y su amigo que la trataba le ofreció presentarlo en su casa.

Vino la presentación y a la segunda visita ya *Arturo* era el más afortunado y feliz de los mortales. No podía hablársele de nada, ni de nadie; todo le era indiferente y hasta olvidaba en su insensatez cuanto se debe el hombre a su dignidad y amor propio. La vida, el alma, la consagración de sus afectos todos, estaban concretados en aquella mujer.

Imagínese el lector los sacrificios más costosos en honor, en salud, en intereses, y ya puede formarse idea de cuánto hizo *Arturo* por enaltecer a aquella mujer singular que parecía ya contaminada del vicio cuando era un crisol en el lodo. Pudo ser feliz con aquel hombre que la adoraba, rehabilitarse quizás para la sociedad y para sí misma y no hizo otra cosa que envenenar una existencia joven, pervertir los sentimientos del que la honraba con su amor. *Arturo* bajaba todo lo que pretendía elevarla, y ya en el desnivel de la caída, sin el equilibrio de la razón, se precipitó con rabia en el abismo de su miseria.

Es verdad que no ha llegado a esa degradación del *beodo* ni del *despreocupado*; pero lleva el germen de otras corrupciones que enervan el carácter y privan de personalidad. Todavía adora a esa mujer que le ha convertido en juguete de sus liviandades, que lo ha engañado haciéndole creer que le pertenecía y aún la embauca en su estado de idiotez moral, con protestas de un cariño que jamás supo sentir ni comprender.

Y ahí tienen mis lectores a *Arturo* perdido hoy para la familia y para la patria; enlodado en el cieno de una pasión culpable y a la que fue ciego, por huir de otra que nunca le hubiera arrostrado a la miseria.

¡Quién sabe si con perseverante afán hubiese continuado en sus primeras impresiones, qué distinta no sería su suerte!

Si la gota de agua horada la peña ¿por qué no había de llegar a conmover aquel corazón que parecía indiferente a sus emociones, pero que jamás sintió de cerca las palpitaciones del suyo? ¿Por qué tanta timidez, tanta indecisión, tanta cobardía con la una, y para con la otra tan precipitada audacia, tan impremeditada adhesión? ¿Cómo quería que su pasión fuese adivinada y correspondida cuando apenas se atrevía a asaltar la montaña?

He aquí a lo que conduce la instabilidad de los sentimientos y la volubilidad de los caracteres. A veces vale más dominar las pasiones y devorar en silencio las amarguras que su ocultación producen, que dar impulso violento a las excitaciones del amor y caer en el desenfreno del vicio.

BERNARDO COSTALES Y SOTOLONGO
Junio de 1887

Cuento griego

Había, hace muchos años, en la famosa Atenas, en la época de su mayor grandeza artística, un escultor que era el más hábil de la culta ciudad. Cuando paseaba su cincel maravilloso sobre los mármoles, todas las deliciosas apariciones del país de los sueños, – visibles sólo a los ojos del verdadero artista, – venían a tomar vida y forma en las entrañas de la blanca piedra. ¡Oh! ¡Cómo bordaba su cincel los exquisitos encajes de mármol! Jamás hubo quien a su igual diera a las estatuas de blanquísimo Paros la fiera majestad de los dioses, o expresara en ellas los generosos ímpetus del heroísmo, o hiciera irradiar sobre sus frentes la aureola del genio.

El gran artista era, al mismo tiempo, un gallardo mancebo, de cuerpo esbelto y poderoso, revelando en todas sus actitudes la gracia y la fuerza, llevando con noble dignidad la clámide sobre los hombros y dejando ver en la mirada aquella altivez que la conciencia de un talento extraordinario imprime en el rostro de los privilegiados.

¡Cuánta doncella del Ática suspiraba en torno suyo! Cuánta niña conmovida y ruborosa, al verle venir, inspeccionaba, con mano rápida y temblante, el juvenil tocado, y al pasar junto a él, ensayaba su más coqueta actitud y dejaba escapar un suspiro, anhelando ser su compañera, verle trabajar en el fresco y brillante taller, y cuando la fiebre de la inspiración o la fatiga inclinasen aquella hermosa cabeza, recibirla en sus brazos, para darle reposo, jugando con sus luengos cabellos! Pero Pigmalión, – así se llamaba el escultor, – era insensible a todos esos deseos, que como enjambre de doradas abejas zumbaban a su alrededor. La diosa Minerva, de quien era ahijado y protegido, le había asegurado un genio artístico incomparable, a trueque de que jamás rindiese culto al amor, de que jamás prestase vasallaje a Venus, de quien estaba celosa, – y para ayudarle a cumplir sus propósitos le había proporcionado el único preservativo que se conocía entonces, – el único que se ha descubierto hasta ahora, contra las flaquezas del amor.

Es un secreto peregrino, que la tradición ha conservado, y que, contando con la debida reserva no vacilamos en confiar a nuestros lectores. Parece que el único medio hasta ahora descubierto para no enamorarse es... no mirar nunca a una mujer.

Pigmalión observaba la cautela con cuidadoso empeño, y su corazón estaba perfectamente libre. Sucedió, empero, que hubo por entonces en Atenas algo que en nuestro lenguaje de ahora podríamos llamar cambio de Ayuntamiento, y que una de las nuevas autoridades municipales, a cuyo cargo estaban los monumentos públicos, tuvo necesidad de una estatua nueva, – no recuerdo si era una de las Musas o si era una de las Gracias, – pero, al fin, era una estatua femenil, y encomendó el trabajo a Pigmalión.

El encargo era muy honroso, y no podía, por otra parte, renunciarse; pero el peligro era grave, porque, para levantar la estatua, parecía indispensable ver de cerca y despacio, no ya uno, sino varios modelos, entrar en la intimidad de hechiceras mujeres que desempeñaban en Atenas funciones semejantes, y el orgulloso plan de Minerva estaba en riesgo de fracasar. La diosa, sin embargo, acudió al mal con oportuno remedio, prometiendo a su discípulo que, sin necesidad de modelo, y por efecto de inspiración cuasi divina, trazaría su cincel la más prodigiosa estatua femenil que fuera dable imaginar.

Y no fue promesa vana, que es harto seria Minerva para eso.

En vez de los recios músculos, el cincel de Pigmalión dibujó, por vez primera, sobre el mármol, las ideales curvas femeninas. La piedra misma pareció transformarse, – adquirir blandura, transparencia, flexibilidad, – la estatua se hubiera dicho hecha de suave y tibia espuma color de rosa; los cabellos ondulaban en rizos hechiceros; los ojos sin mirada eran, sin embargo, elocuentísimos y hablaban de no sé qué inefables delicias; el pecho parecía levantarse por el impulso de amorosos suspiros; los brazos se extendían en un llamamiento supremo, y de los entreabiertos labios se creía sentir escapar el aroma nuevo que la virgen rosa da por primera vez al céfiro de los jardines.

Cuando Pigmalión hubo contemplado en toda la gloria de su belleza la obra de su genio; cuando por primera vez sus arrobados ojos estudiaron en todos sus misterios la femenil belleza que inconscientemente había elevado en el centro de su taller, una emoción, para él hasta entonces desconocida agitó su corazón, y lo hizo caer lentamente de rodillas. Un astro nuevo amanecía para su alma.

Venus, que aguardaba esta victoria y vigilaba el brote de aquellas sensaciones, mostróse de súbito, prometiendo animar la estatua y consagrarla al amor de quien la había formado.

Acudió, no menos cuidadosa, Minerva, recordando irritada a su discípulo que perdería, de aceptar el pacto, toda su protección y con ella su fuerza creadora. Al oír a las dos divinidades, no vaciló el artista, sino que, tomando, con febril ansiedad, todos los instrumentos de su arte los arrojó fuera del taller, como si renunciase a la grandeza que le proporcionaban, y anheloso y temblando fuese de nuevo a poner de hinojos ante la estatua que iba a convertirse en mujer.

La leyenda añade que Pigmalión no tuvo motivos para arrepentirse y que el amor hubo de darle inspiración más alta y completa que la que antes debiera a la austera sabiduría.

———

Este cuento, como toda fábula, tiene su moral. Significa que la sonrisa y el aplauso de la mujer son las formas más bellas de la gloria; – que la naturaleza es la verdadera nodriza del genio; y que si hay algo en el mundo que vale más que la dignidad y las delicias del arte, ese tesoro lo forman, sin duda, la dignidad y las delicias del amor.

Están Uds. de acuerdo ¿no es verdad?.....

Antonio Zambrana

El padre Amado

Con el manteo recogido andaba a pasos lentos, cabizbajo, meditando profundamente, las manos juntas: una sujetando los pliegues del manteo, y otra con un libro entre cuyas páginas semi-abiertas tenía opreso el dedo índice, como para continuar la interrumpida lectura.

Hacía más de un cuarto de hora que se paseaba silencioso por la nave izquierda del templo de la Merced. Eran las ocho y media de la mañana. La Iglesia estaba casi desierta. Algunas devotas iban entrando para oír la próxima misa de nueve.

Era el padre Amado un cura joven, de unos treinta y dos años, delgado y escueto. Su rostro, de una palidez extrema, era simpático, y reflejaba la celeste beatitud de un alma tranquila y dulcemente acostumbrada al retiro del mundo. Su vida era un éxtasis dulce y suave que iluminaba el interior de su alma reflejándose exteriormente a manera de una vaga aureola de luz ideal. Su existencia se deslizaba como una melodía mística y suave, como las notas candorosas y severas del «Spirito gentil» de *La Favorita*.[55] Aquella lamentación del monje doncel que abandona las miserias del mundo y descansa de las agitaciones que han destrozado su alma; aquellas notas reposadas y tristes, de una tristeza consoladora, parece que convidan a la dulce calma del espíritu alejado de las torturas del amor y de las seducciones de la mujer. Aquella música tranquilizadora

---

55   Opera de Gaetano Donizetti (1797–1848), compositor italiano.

y persuasiva que inspira recogimientos místicos, sonaba dulcemente como a la sordina en el alma de nuestro sacerdote.

Su espíritu, muy agitado en los borrascosos días de su primera juventud, se formó después de un ideal de felicidad humana en el descanso moral, y descansando en los piadosos deberes del sacerdote, era feliz, porque nada más ambicionaba.

No es tiempo ahora de narrar las primeras y accidentadas aventuras del joven Amado Laforge; sino la última, la que le condujo al santo retiro de la Religión. Allá por los años de 1879 moraba sólo y retirado en el extremo más triste de la calle de la Soledad, en Guanabacoa.

Vivía estrechamente con un mísero destino de ínfimo sueldo que le habían procurado sus parientes de Puerto-Príncipe. Las muchachas de la Villa le vieron aparecer sin saber cómo, y con esa curiosidad innata en las mujeres de los pueblos chicos, le miraban pasar todos los días mientras bajaba por las calles de Santo Domingo, Candelaria, Pepe Antonio y Cadenas, hasta la estación del ferrocarril nuevo, y viceversa; siempre vestido con seriedad y sin adorno alguno. No tenía amigos, y nadie sabía quién era, ni se preocupaban mucho de ello, porque notaban en él un aire encogido de hombre pobre y apocado, y su extrema palidez que le asemejaba a un convaleciente de una larga enfermedad. Los domingos oía misa escondido en un rincón de la Iglesia parroquial; y al salir miraba distraídamente la multitud de señoritas que bajaban por la escalinata que desciende del ancho terraplén o asiento del tempo. Un día de primavera en que el sol brillaba con resplandores nuevos y gratos, refrescados por la brisa, Amado notó que la señorita Josefina Rossell le miraba con aquellos ojos negros y vivos que, según fama, eran lo mejor de lo mucho bueno que había en Guanabacoa.[56] Hasta aquél día Amado no observó que nadie, al menos ninguna mujer, le mirase con atención. Siguió el joven su camino con su seriedad habitual; más, pasó todo el resto del día pensando a ratos en los ojos negros de la señorita Josefina, a quien no conocía ni de nombre.

A la mañana siguiente, al pasar nuestro joven por la plaza de Santo Domingo, la causalidad, como si fuera cómplice de futuros sucesos inesperados, le hizo ver en la primera casa de la calle de Lebredo, frente a la plaza, el rostro, o mejor, los ojos negros de la señorita Rossell asomados al postigo de la ventana. Amado siguió su ruta, no sin que le temblasen las piernas, sintiendo una fatiga extraña.

Llegó a su casa y se dejó caer en la silla de su mesa de escribir. Una melodía extraña y deleitosa sonaba en el hueco de su cabeza. Amado lanzó un fuerte suspiro y exclamó casi disgustado:

— ¡Otra vez, Dios mío!

Él había amado mucho, y derrochado pródigamente las fuerzas vitales de su alma y de su cuerpo tras el fantasma de la mujer; y cuando ya disfrutaba del suave reposo que sigue al desengaño y al olvido, Laforge se estremecía de pena ante el augurio de un nuevo amor.

Tenía ciertas intenciones de entrar en un seminario y consagrarse al sacerdocio, abandonando por completo la miseria mundana que aún acechaba el modo de turbarle

---

56   Barrio de La Habana

el reposo moral; pero ¡ay! los ojos negros de Josefina, aquellos ojos grandes y burlones que se guarecían traicioneros bajo unas cejas frondosas y negrísimas y herían alevosamente como hiere al caminante el asesino emboscado en un matorral; aquellos ojos y aquel soberano entrecejo daban mucho que pensar a nuestro joven Amado Laforge.

Y la situación se iba poniendo cada vez más seria, con nuevas y casuales complicaciones. Porque Amado encontraba a Josefina en todas partes. Pensaba en ella mientras andaba por el mundo; y al doblar de una esquina, al entrar en la Iglesia, al tomar asiento en el tren de la Habana... ¡zas! se le aparecía Josefina en carne y hueso, como si el pensamiento de Amado tomase forma corpórea por un conjuro de su amor, o como si un espíritu oculto guiase sus pasos en torno de ella.

Otras veces ocurría el encuentro con premeditada intención de Amado; le pasaba lo que a Gustavo Bécquer cuando era muchacho, que para ir a cualquier punto de la población, daba la casualidad de que siempre tenía que pasar precisamente por la calle donde vivía su novia. Amado Laforge, cuando venía de la estación, o de la Iglesia, o de cualquier otra parte, subía por la calle de Candelaria y al llegar a la plaza de Santo Domingo bajaba por la calle de Lebredo y Palo Blanco para dirigirse a la de Soledad , y viceversa. Pero también era muy pícara casualidad la de encontrarse con frecuencia asomado al postigo de la ventana el rostro de Josefina y sus sempiternos ojos negros que le miraban con abrumadora curiosidad. Amado, entonces, no se atrevía a mirarle de frente a los ojos; todo lo más se deleitaba contemplando el finísimo bocito que daba al labio de la muchacha un sello de superioridad dominadora.

— ¡Qué hacer, Dios mío! pensaba el joven. Una triste y amarga experiencia le había saturado de escepticismo el corazón. – «Esta mujer conoce que la amo, adivina que soy un infeliz, y basta esto para que no piense jamás en corresponderme. Cortemos por lo sano y vivamos tranquilos, que ya es hora de que las mujeres no turben más la paz de mi corazón.»

Pensando así, tomó la firme resolución de huir, porque en las luchas de amor, huir es vencer, ha dicho un sabio. No tenía que despedirse de nadie porque a nadie conocía y nadie notaría su desaparición; pero ¡ah! en un rapto de romanticismo, rezago de sus devaneos pasados, pensó que debía despedirse de la mujer a quien amaba. Irse sin confesarle su amor, le parecía una falta de respeto hacia ella.

Le escribió una carta anónima por el correo interior. «Te amo y te amaré, le decía; no quiero profanar mi purísimo amor revelándote mi nombre. Vive y ama, que quien sufre por ti, espera mejor vida para adorarte en el seno de la dicha.»

Acabada de echar la carta al buzón, se dirigió a la Iglesia parroquial. Era domingo, y allí vio a Josefina arrodillada al pie de un confesionario. Lo que pasó en el corazón de Amado al ver a la joven confesándose, no tiene nombre en el lenguaje humano.

Sintió como celos espirituales, una secreta envidia, una remota esperanza de regocijarse en los divinos arcanos de aquel corazón de ángel por quien pensaba sacrificar toda su vida mundana. En aquel momento Amado soñó despierto que era sacerdote, y que Josefina, atribulada por penas sin fin, iba a depositar en él los tesoros de su alma ingenua y los pesares de su corazón. ¡Que dicha! Así tal vez vería recompensado tanto sufrir en silencio. ¡Ser padre espiritual de Josefina, oír sus cuitas, consolar sus penas, redimir sus pecados! ¡Oh! Dominado por ese desvarío se arrodilló frente al altar mayor y rezó profundamente una férvida oración desde lo más íntimo de su alma.

Seis años más tarde, Amado Laforge, era el grave sacerdote que hemos visto paseándose lentamente bajo la artesonada bóveda de la Merced. Estaba febril y nervioso: su sueño de confesor se había realizado: Josefina vivía en la Habana y asistía a las fiestas del citado templo, y el padre Amado era el capellán de moda, siendo el confesor de las bellas feligresas admiradoras del talento y la suave discreción del reverendo padre.

Josefina no reconocía en el joven religioso al antiguo enamorado: el traje talar, la tonsura, la barba rasurada y los años, le cambiaron por completo. En cuanto al joven, la reconoció enseguida; pero al verla, apenas se impresionó, y se admiraba de sentir su espíritu purificado hasta el punto de no conmoverse al mirar a su antigua amada. No dejaba de sentir algo por ella, sentía como una ilusión mística, el casto amor del Dante hacia el recuerdo de Beatriz.[57]

Cuando Josefina le pidió tímidamente la confesión, Amado se inmutó un poco y temió no tener serenidad bas-

---

57   Dante Alighieri (1265-1321), poeta italiano de la Edad Media. Autor de la *Divina comedia*, donde aparece el personaje de Beatriz.

tante para ejercer el sagrado ministerio. Pero pasado el primer momento recobró sus facultades y se propuso escuchar tranquilo la confesión de su nueva penitente. A las nueve entró el padre en el confesionario.

Pocos minutos después una señorita enlutada y vestida con elegante sencillez, se arrodilló junto a la rejilla y se persignaba silenciosamente. Tenía el rostro pálido y afligido. Alguna consulta grave la traía a los pies del confesor. Murmuró los rezos de costumbre antes de hablar al sacerdote, y una febril ansiedad entorpecía sus labios. Ella tenía alguna horrible duda que resolver, y no se atrevía a exponerla; pero le habían recomendado mucho la persuasiva elocuencia con que el padre Amado allanaba todas las dificultades, y vencía todos los escrúpulos del alma; y esto la había decidido a confesarse con él.

Cuando hubo descargado de su conciencia los pecadillos bobos de costumbre, la joven se quedó como indecisa. El confesor adivinó la zozobra que embargaba el ánimo de su bella penitente, y con suma delicadeza la insinuó a que sin reparo le dijera lo que fuese de necesidad para su alma.

Josefina se decidió al fin.

— Padre, le dijo dolorosamente compungida, es que... no sé... dígame Ud. ¿Es pecado casarse con un hombre a quien no se ama?

El cura palideció: la pregunta de Josefina le desconcertaba; le produjo un sudor frío y una extraña angustia. Para disimular algo su emoción, se pasó un pañuelo por el rostro, y contestó después de una breve pausa.

— Según, hija, explíquese Ud. ¿Ud. se va a casar?

— ¡Ay, sí padre!

Amado se estremeció y tuvo que toser para que no se le notase el temblor de su cuerpo. Afortunadamente para él, Josefina estaba inmóvil y ruborosa con los ojos bajos, y no pudo ver el trastorno que visiblemente conturbaba al padre. El cobró ánimo y preguntóla:

— ¿Y no ama Ud. a su futuro esposo?

Ella vaciló, pero dijo al fin resuelta:

— No le amo, padre.

— Pues, no debiera Ud. casarse; el santo matrimonio es un lazo de armonía y afecto que consagra ante Dios la unión de dos espíritus con sus cuerpos. Si no siente Ud. amor por ese hombre, casi comete Ud. un gran pecado al unirse con él.

Josefina sentía estremecerse.

— Es que yo no tengo valor, repuso ella tartamudeando, me caso sólo por obedecer a mis padres. Ellos dicen que yo me acostumbraré, y que le amaré poco a poco. ¿Puede ser esto, padre?

El atribulado confesor iba perdiendo la brújula. Las preguntas inocentes de Josefina eran chispas que caían una tras otra sobre su inflamable corazón. ¿Cómo mantener su gravedad sacerdotal, con el estado de su alma, ante las ingenuas y delicadas consultas de la muchacha? La forma en que hizo ella su última pregunta, indicaba que no concebía el amor sino cuando surge rápido, espontáneo y ardiente por toda una eternidad. El opinaba lo mismo. Amó a Josefina desde el día en que la vio, como había amado asimismo a otras que desgarraron su corazón con la más negra alevosía. Más, siendo la religión un freno regulador de las pasiones, el padre Amado creyó en conciencia que debía insinuar a su penitente el sacrificio de esforzarse por amar a un hombre que era extraño a su corazón. Pero eso era contra las honradas convicciones de Amado, y más le repugnaba porque adivinó que Josefina, de temperamento sanguíneo y ardiente, tampoco creía posible un amor hecho así como de encargo, un amor que no fuese instantáneo, vivo y autónomo.

En menos tiempo del que se necesita para leer estas reflexiones, pasaron por la mente del padre; y al fin, buscando el justo medio, respondió a la pregunta de Josefina lo siguiente:

— Puede ser, según; hay casos en que es imposible amar a un hombre... y es cuando se ama a otro. Ud. sabrá si...

El rostro de Josefina tornóse ligeramente encarnado. Creyó notar en las últimas palabras del padre una discreta interrogación, y suponía un deber de confesión decirlo todo. Así es que casi le interrumpió exclamando:

— ¡Ay sí, padre; yo amo a otro!

Aquí el dolor de Laforge se acreció infinitamente. El egoísmo nato que domina a todos los hombres, por grande que sea su virtud, y que les hace desear el bien propio antes que el ajeno, bullía en el corazón de Amado. Fácil y agradable le era imbuir a Josefina la idea de que no se casase; pero así la acercaba al amor de otro hombre. Más, ¡qué le importaba a él, separado ya de ella por una valla infranqueable!... y así y todo, le pesaba que Josefina estuviese enamorada de otro hombre, – «Dios me castiga, pensaba Amado; yo debiera haber huido de esta mujer, siempre tentadora para mí; en vano disfracé mi sentimiento egoísta con la mansedumbre y piedad del confesor.»

Con esta reflexión se reaccionó su espíritu, y dispuesto a castigarse a sí mismo en desagravio de Dios, se propuso apurar la copa del sacrificio ayudando a Josefina a que se casase con el hombre a quien amaba, y bendecirles él mismo si fuese posible. Con esta heroica resolución y sintiendo que sus palabras se le atravesaban como espinas en el alma, dijo:

— Pero... ¿es un amor imposible el de Ud.?

— No sé...

— ¿Es un hombre digno? Yo me interesaré con sus padres de Ud. Hable, hija mía, que yo veré si puedo... ¿Es que él no la ama a Ud.?

— Creo que sí, él me declaró su amor con una carta que guardo como un tesoro. Me dijo algo así como que volvería, y no he vuelto a verle; tengo un presentimiento de que ha de volver, de que quizás hoy está ya muy cerca de mí; y le amo, y le espero sin saber por qué.

El padre sintió como que se le oscurecían las ideas, despeñándosele el alma en un abismo de negras angustias. Ya sin saber lo que decía balbuceó:

— Y si yo pudiese influir; si Ud. tiene pruebas de su amor...

Y calló sin atreverse a precipitar el momento de su infortunio, de saber quién era el temido rival, el hombre que le arrebataba su prenda más adorada.

Mientras tanto, Josefina convulsa desdoblaba un papel que traía y se lo mostraba al padre diciendo toda confusa:

— No tengo de él más que este recuerdo.

Amado entreabrió la puerta de confesionario y tomó el papel, lo acabó de desdoblar, puso los ojos sobre lo escrito, y quedó como anonadado por una presión súbita e inmensa. ¡Era la carta anónima con que Amado se despidió de Josefina, seis años antes!

No pudo reprimir una exclamación de estupor. Josefina notándolo, aunque sin sospechar lo que ocurría, preguntó con su ingenua naturalidad:

— ¿Le conoce Ud. padre?

— Sí, dijo él con heroica impavidez, ese hombre... ha muerto; rece Ud. por su alma.

Quedaron los dos sin hablarse. Ella rezaba sollozando, el contenía sus lágrimas con esfuerzos inauditos. No rezó, soñó; vio pasar por su mente un mundo de esperanzas y venturas perdidas que se desvanecían sobre él en un mar de lágrimas donde él se anegaba asfixiándose, oprimiéndosele el corazón.

Volvieron en sí. El devolvió la carta a Josefina, y le dio la absolución, bendiciéndola desde el fondo de su alma.

Al levantarse Josefina alzó los ojos. Un rayo de sol penetraba en la iglesia y alumbraba el interior de la nave. Abrió Amado la puerta del confesionario y salió rápidamente. Las miradas de ella y de él se encontraron y al chocar se confundieron en una sola idea. ¡Josefina conoció en aquel instante a su antiguo enamorado!

Quedóse como petrificada y tuvo que apoyarse en un banco.

....

....

El padre Amado pidió al Jefe eclesiástico le traslada-
se inmediatamente a otra parroquia. Josefina no se atrevió
a ir más a la Merced.

P. GIRALT
Habana, 28 de julio de 1887

Las tres cruces

―――

Primera parte

―――

La Lechuza

Dulce María era la muchacha más linda de Palma Soriano,[58] y contaba con 17 primaveras.

Arcadio era el prometido de su corazón, y tenía veintidós años.

Los dos se amaban con indecible ternura: con amor de adolescentes que quieren por vez primera.

Mientras estaban despiertos acariciaban en su mente la idea de una próxima unión, santificada por el cura de su Parroquia; y, cuando por la noche se dormían, soñaban... con infinitas venturas.

*
*   *

---

58   Pueblo de la provincia de Oriente, Cuba.

Una tarde (la del 9 de octubre de 1868), antes de la caída del sol, contemplaban embelesados el risueño panorama que se desarrollaba a su vista.

Estaban a orillas de un río, cuyo clarísimo cristal murmuraba idilios de amor a las matizadas flores que en él se bañaban sus corolas; un poco más distante las pencas de las palmas susurraban armoniosamente, como arpas eólicas agitadas por la brisa; y sobre las cabezas de los dos enamorados, en la inmensidad del espacio, en caprichoso desorden, se movían lentamente celajes de irreprochable encajería, nubes opalinas y cortinajes de zafir.

¡Era la hora del crepúsculo en que, sin darnos cuenta de ello, se siente invadido nuestro espíritu por inevitable melancolía! ¡Hora de las tristezas inefables y de dulces remembranzas!

Las almas soñadoras y sensibles gustan de esos instantes supremos, puesto que la imaginación abstrayéndose de los objetos materiales que la rodean, discurre libremente por los anchurosos espacios de sus anhelos ideales.

Si en esos momentos un Genio invisible, batiendo sus impalpables alas, hubiera arrebatado de aquel lugar a nuestros dos enamorados, de seguro que, ajenos como estaban a toda sensación exterior, ni habrían notado siquiera que sus pies abandonaban el contacto con la tierra.

Así permanecieron hasta que el astro rey, hundiendo su roja caballera en las cerúleas ondas, cedió las riendas de su imperio a la diosa de la noche.

*

*   *

Una de esas aves nocturnas, cuyo lúgubre graznido resuena en la soledad de los bosques como un augurio de muerte, pasó tan cerca de los dos jóvenes, que casi rozó sus frentes.

Ellos no la vieron, porque, en el éxtasis que los embriagaba, era poco el tiempo de que disponían para contemplarse mutuamente; pero sí oyeron el grito desapacible y seco que con maligna insistencia iba repitiendo el ave.

Dulce María fue la primera que, saliendo de aquel arrobamiento, volvió a la posesión de sus sentidos. Bajo la influencia del terror que la dominaba, se multiplicaron los latidos de su corazón, y un estremecimiento de angustia agitó en el mismo instante sus formas esculturales.

Tan ligero como el chispazo eléctrico que se desprende de las nubes, cruzó por su atribulada mente un fatal presentimiento, y dos lágrimas, como perlas del alma desprendidas, asomaron a sus ojos. Estrechó fuertemente el brazo de su amado, y en el paroxismo de la más exquisita sensibilidad, le dijo: −Arcadio, amigo mío, dejemos este sitio; las sombras de la noche nos envuelven por todas partes... y además... ¡ese canto del ave maldita! El estridente clamor con que ha herido nuestros oídos, me presagia una próxima desgracia. Ven, alejémonos de aquí. − Mira, Arcadio −continuó diciendo la joven con palabras incoherentes, tengo miedo, temo perderte para siempre... ¡Ah! Tú no me abandonarás, ¿no es cierto? −Yo te amo y nadie podrá robarme tu cariño. −¡Oh, mi Dulce María! ¿Qué tienes? ¿Quién habla de robarte lo que es exclusivamente tuyo? ¿Quién será bastante osado para exigir que arranque de mi corazón tu imagen hechicera? ¿Qué horrible alucinación embarga tu mente, hasta el extremo de hacerte derramar esas lágrimas? ¿No sabes que por ahorrarte una sola de ellas diera yo toda la sangre de mis venas?

Y Arcadio, queriendo borrar aquellas fatídicas imágenes del cerebro de su amada, continuó diciéndola:

—En verdad que parecemos niños para conceder tanta importancia a lo que carece de ella. Escucha: esas aves de rapiña, –agoreras o de mal agüero, al decir de las gentes, –no han sido dotadas por el cielo de un canto melifluo y grato, como las otras que distinguimos con el epíteto de canoras; y la aversión que aquellas nos inspiran, procede seguramente –pues no hay otra causa real y tangible– de que su aparición la verifican en las horas de la noche, y de la clase de alimento que se proporcionan. La ignorancia ha engendrado fatales preocupaciones; y las personas timoratas y sencillas, aceptando sin examen, tradiciones destituidas de todo fundamento, han llegado hasta el extremo de hacer una especie de religión de su estulto fanatismo. Ahora bien, como prueba de que existe la ley de las compensaciones, tenemos, para neutralizar el mal efecto de aquellas, los arpados ruiseñores que sacan de su argentina garganta inimitables gorjeos; el sinsonte –trovador de nuestros bosques– exhalando dulces notas de música no aprendidas; y el jilguero, de lindo y vario plumaje, que nos regala el oído con sus agrestes arpegios. El Gran Hacedor ha concedido a esos y otros muchos pajarillos, voz armoniosa y suave, para formar, en agradable concierto, la onda sonora que sube en alas del viento a los Edénicos jardines.

Mientras Arcadio hablaba de ese modo, la virginal

dulce María trataba de aparecer más tranquila; y ya porque en realidad lo estuviese o porque el acceso del terror fuese menos intenso, volvió a recobrar su fisonomía la natural expresión de sus divinos encantos.

Viéndola Arcadio en tan buena disposición de ánimo, la invitó a que se apoyara en su brazo para subir la pequeña eminencia donde, como un nido de palomas entre un bosquecillo de palmas, se levantaba la casa en que, al abrigo de sus padres, vivía nuestra linda ribereña.

Dulce María obedeció; y como su casita distaba unos cien metros del río, pronto llegaron a ella.

Durante la velada continuaron su interrumpido coloquio de amor, comunicándose con más entusiasmo que nunca, sus proyectos para el porvenir, cuidando, como por tácito convenio, de no hacer la más pequeña alusión a los graznidos del ave.

A la hora de costumbre se despidió Arcadio de aquella familia, que le acompañó hasta el soportal de la casa.

El doncel estrechó por última vez la mano de su prometida, y con toda la ligereza de sus años juveniles, se colocó de un salto sobre los potentes lomos de su jaca trinitaria, conducida allí de antemano por un viejo criado. El jinete oprimió los ijares fdel noble bruto que, haciendo un gracioso caracoleo, se perdió entre los ramblazos del dormido y manso río.

Segunda parte

El Retrato

Hay dos fechas que constituyen como un paréntesis de horror en la historia de Cuba —10 de octubre de 1868–10 de febrero de 1878. —La primera sintetiza el grito de rebelión pronunciado en Yara; y la segunda el convenio del Zanjón, cuya cláusula más bella fue la que declaró que no se reconocían vencidos ni vencedores. ¡Dulce alborada de paz que ungió nuestros corazones con el óleo de la esperanza!

Pero ¡ay!, dentro de ese paréntesis, cuánta sangre generosa vertida en holocausto de recíprocos ideales, y ¡siempre en nombre de la patria! ¡Cuánta madre sin hijos! ¡Cuánta esposa sin esposo! ¡Cuánto huérfano desolado, hambriento y sin hogar!, y ¡cuántas, que ceñir pensaban a las siguiente mañana la corona de virgen y el blanco velo de la desposada, tuvieron que cambiar aquellas galas no usadas por el cendal de luto consagrado a sus muertas ilusiones!...

*
*   *

En los comienzos de 1869, con motivo de la guerra y en busca de la seguridad personal que no prestaban los campos, se trasladó la familia de Dulce María a la ciudad de Santiago de Cuba, donde contaban con un pariente que

poseía en la plaza de Dolores, una bonita aunque pequeña casa, que aquel les ofreció con la proverbial llaneza de
este hospitalario país.

Allí decidieron fijar su residencia durante la insurrec-
ción.

Los años se sucedían y el cielo de la patria cada vez
más encapotado, no dejaba vislumbrar el fin de tantas desgracias.

La guerra se hacía con toda la saña de las contiendas
civiles: –sin que ninguna de las dos partes combatientes
pensara en otra cosa que en la destrucción de su contrario.

*

* *

Al principio del mes de enero de 1877, a eso de las
nueve de la noche, bajo torrenciales aguaceros y después
de siete horas consecutivas de camino, llegó a Palma Soriano una contra-guerrilla española.

El capitán que la comandaba, resolvió vivaquear allí
con su gente, no solo por el mal estado de los caminos, sino
porque carecían de práctico y estaban desorientados.

La casa de Dulce María, que como ya sabemos quedó
deshabitada desde el principio de la campaña, fue ocupada
por la tropa que se alojó en ella del mejor modo posible.

Mientras los soldados se entregaban al descanso, el capitán y un contra-guerrillero que nunca le abandonaba,
extendieron sus capotes sobre la crecida hierba que cubría
las lozas del soportal; y con intención de proporcionarse
algún reposo, más no de entregarse al sueño, se recostaron

sobre aquel lecho improvisado, que en tales circunstancias les pareció más mullido que los blandos almohadones de confortables alcobas.

Departiendo estaban jefe y subalterno como viejos camaradas, cuando a la fosforescente claridad de un relámpago, le pareció al capitán distinguir por entre los troncos de las palmas, un bulto que se acercaba. Hízole notar desde luego a su inseparable amigo, y pusiéronse en asecho.

Pronto observaron que era un hombre el que hacia allí se encaminaba, cabalgando en buena jaca; obteniendo a la vez el convencimiento de que tal jinete pertenecía a las huestes insurrectas; pero más que todo les llamó la atención, una como placa o medalla que descuidadamente lucía sobre el lado izquierdo de su pecho, y que, a la luz de los relámpagos, brillaba como un ascua.

Tomar el capitán la carabina que el contra-guerrillero sujetaba entre sus rodillas, enfilar el cañón de aquella arma mortífera, hacer fuego, sirviéndole de blanco en la negrura de la noche la joya resplandeciente que portaba el insurrecto, dar éste un grito espantoso y caer del caballo, produciendo la caída un ruido siniestro, fue todo tan instantáneamente ejecutado, que más tiempo se emplea en referirlo.

—Corre— dijo al soldado, que como una estatua de piedra contemplaba aquella escena— tráeme la prenda que ese desdichado lucía sobre su pecho.

Y el aludido, más ligero que un gamo y deseoso de complacer a su jefe, se dirigió a la carrera, al lugar donde exánime yacía el imprudente *mambí*.[59]

Por uno de esos fenómenos atmosféricos, tan frecuen-

---

59 Nombre que recibían los insurrectos cubanos.

tes en estas latitudes, cesó la lluvia repentinamente, despejándose el cielo y arremolinándose hacia el Sur los vapores acuosos que desde por la tarde, y en progresiva yuxtaposición, se habían enseñoreado del espacio. – La luna brilló entonces en toda su esplendidez. A los pocos momentos volvió el soldado, tan pálido y fuera de sí, que daba lástima verle. Detúvose delante de su capitán, pero sin articular palabra.

—Vamos, Fernández (así se apellidaba el soldado), explícate: ¿le he muerto? – ¿Está herido? – ¿Ha logrado escapar?... Habla, hombre, habla, que me tienes impaciente.

El interpelado, por toda respuesta, se frotó los ojos con el dorso de la mano izquierda, repitiendo esa operación dos o tres veces más; hasta que al fin, con voz temblorosa y difícil respiración, dijo:

—Mi capitán, por los Tres Clavos de Cristo que no puedo echar la palabra al cuerpo; así Dios me salve como es verdad lo que estoy diciendo.

—Bien, hombre, ¿quién te ha dicho que mientes? Si es tanto lo que has corrido y necesitas tomar aliento, tómale enhorabuena; pero despacha que deseo saber cuanto antes el resultado.

—No hay tal, mi capitán... es que... ¡si acertaré a decirlo! Pues como iba diciendo, es tan cierto como hay Dios, ¡si no lo estuviese viendo, no lo creería![60] – Figúrese, y puedo jurarlo por todas éstas (juntando las manos y haciendo cruces con los dedos, las cuales besó una por una), que al llegar delante de aquel maldito y al mirarle la cara, se me nubló la vista y creí estar soñando; el corazón me dio

---

60   Dice «crearía» en el original.

un vuelco y el estómago se me subió a la garganta... ¡Yo había visto aquella fisonomía en otra ocasión y quise convencerme! Volví a mirarla y por poco me desmayo. ¡Era la misma cara de usted, mi capitán! ¡Cáspita con el hombre! Es tan exacto el parecido, que se me fijó entre ceja y ceja que el difunto lo era Ud.

—Basta, Fernández, dijo el capitán afectando tranquilidad, pues estaba poseído de un fatal presentimiento— ¿traes la prenda?

—Sí que la traigo, mi capitán, y tómolo a milagro o encantamiento. Sepa usted que la bala entró derechita en el corazón, pero sin tocar la joya que intacta permanecía sobre la misma boca de la herida. – Y alargándole la prenda, continuó: –Vea usted, mi capitán, es una tumbaga muy pulida con el retrato de una dama.

Al recibirla el capitán de manos del soldado, fijó en ella la vista y no pudo reprimir un grito de angustia, intenso, desgarrador!

Había reconocido, engastado en aquel medallón, ¡el retrato de su madre!

Una nube de sangre cubrió sus ojos: febril y automáticamente se lanzó en desatentada carrera al lugar donde rígido yacía el cadáver de la víctima, cuya faz, iluminada entonces completamente por la luna, más lívida parecía.

Tras el capitán corrieron su amigo y ocho o diez soldados más de los de la contraguerrilla.

El primero llegó antes que los otros al sitio de la catástrofe, y se inclinó ligeramente para examinar el cadáver.

No hay palabras en nuestro idioma que puedan explicar con exactitud la terrible tempestad de penas que se desarrolló en aquel corazón, hasta destrozar sus fibras todas!...

Una exclamación violenta, desesperada, brotó de sus labios; determinando ese acto fisiológico el estado de su alma.

Fernández que había llegado casi a la par tuvo que abrir sus brazos para recibir en ellos al capitán, y lo estrechó cariñosamente contra su seno.

Cuando nuestro protagonista levantó la cabeza, estaba transfigurado!

Los circunstantes se miraban atónitos, sin poder explicarse aquel enigma.

Tan luego como los sollozos que anudaban la voz en su garganta le permitieron hablar, el capitán se expresó de esta manera:

—Fernández, mi fiel, mi constante amigo, y vosotros que por tanto tiempo habéis servido a mis órdenes; vosotros que habéis sido testigos de mi conducta en tantos y tan repetidos combates, como yo lo he sido de vuestro valor y sufrimiento... ¡no toméis a cobardía estas lágrimas que derramo!... La naturaleza tiene leyes ineludibles y exige imperiosamente su cumplimiento!

Y volviéndose a su amigo, después de una pausa, continuó:

—También la amistad impone sacrificios que no por difíciles y penosos dejan de ser inexcusables. Confiando en tu afecto de que tantas pruebas he recibido ya, quisiera hacerte un ruego y darte una comisión importantísima, sagrada.

Es el primero que no consientas que el Sol del nuevo

día contemple insepulto el cuerpo de mi víctima...En cuanto a la seguridad ¡ah! guarda bien en tu memoria lo que tengo que decirte, y lo que veas!–Mi madre, mi buena y santa madre, vive en Trinidad, plaza de Serrano, frente a la casa que fue de D. Juan Guillermo Bécquer... A la primera oportunidad que se te presente, la devolverás este retrato que es el suyo; y la dices, que al entregártelo ha sido para ella mi último beso! ... Cuéntale cómo por mí mismo yo, esta noche y en este sitio, he dado muerte a su otro hijo... ¡a mi hermano Arcadio! La dirás que, horrorizado de mi propia obra, no queriendo soportar el peso de mi consciencia ni el estigma de fratricida!...

Y no pudo continuar; rápido como el pensamiento, sin que ninguno de los que le escuchaban pudiera evitarlo, el capitán, haciendo uso del revólver que ocultamente empuñaba, cayó con el cráneo destrozado sobre el cadáver de su hermano.

*
*   *

Al rayar el alba, los contra-guerrilleros levantaron el campo; y guiados por un práctico, emprendieron la marcha; no sin dejar cumplido antes el ruego de su capitán.

Dos cruces, hechas de tablas de palma y a distancia de metro y medio de otra, señalaban el lugar donde quedaron sepultados para siempre los cuerpos de los dos hermanos.

*

*   *

Tenemos que dar un paso retrospectivo, para aclarar cierto punto. –Arcadio, comprometido con el jefe del movimiento separatista, fue uno de los primero que dieron el grito en Yara; y desde entonces, lanzado al campo de la revolución, no le fue posible volver junto a su Dulce María.

¡Extraña y fatal coincidencia! La muerte vino a sorprenderle en el mismo sitio donde, la tarde del 9 de octubre de 1868, le vimos por vez primera, soñador y enamorado!

Tercera parte

La Mujer Sombra

Hecha la paz del Zanjón, volvió la familia de Dulce María, a su abandonada casa de Palma Soriano.

Todo lo había transformado el azote de la guerra!

Parecía impregnado en la atmósfera, el espíritu de tristeza que dominaba los corazones, envolviéndolos en esa penumbra de dolor sin esperanzas, cuya caótica influencia es más desalentadora, que la agitación febril del que lucha y se revuelve contra el incierto destino...

*

*   *

Era media noche; hora en que la naturaleza se entrega al dulce reposo, arrullada por esa infinidad de ruidos casi imperceptibles, que vagan en alas del favonio, como las últimas notas de apagada melodía.

Miríadas de estrellas[61] tachonaban el purísimo azul del cielo, y saturaba el ambiente el aroma de las flores. Las aguas del río se deslizaban mansas y sosegadas, como si temiesen despertar las Náyades[62] que en su seno dormitaban.

*
*   *

Sin alterar en lo más mínimo el augusto silencio de la noche, abrióse en aquella hora un pequeño postigo o puerta excusada, que facilitaba el acceso, por el fondo, a la casa de Dulce María.

Alguien atravesó los dinteles de aquel postigo, y se dirigió lentamente al bosquecillo de palmas.

Era una mujer —más bien una sombra— que con la majestad de reina, pie breve y reposado continente, salvó la distancia que había entre dicho bosquecillo y el lugar donde se alzaban las dos cruces.

Sombra o mujer, es el caso que se detuvo al pie de la cruz que estaba a la derecha —la de Arcadio— y se postró de hinojos ante ella. Por el movimiento de sus labios, se conocía que rezaba; interrumpiendo a ratos su plegaria, para besar la tierra que guardaba las cenizas de su amado.

Se habrá comprendido sin el más ligero esfuerzo, que la mujer-sombra no era, no podía ser otra, que la desdichada Dulce María; la cual, sabedora del trágico fin de Ar-

---

61   Dice «estrechas» en el original.
62   Ninfas en la mitología griega.

cadio, iba todas las noches y a la misma hora, desde su vuelta a Palma Soriano, a llorar sobre su tumba...

La noche en que volvemos a encontrarla, vestía un traje de luto y llevaba suelta la sedosa y larga cabellera, surcaban su frente pálida, las prematuras arrugas conque el punzante dolor deja marcadas sus huellas, y un círculo violáceo rodeaba sus ojos, hundidos y caldeados por el llanto.

*
*   *

Ya era más de media noche, y aún permanecía de rodillas, con la frente apoyada en la cruz y las manos sobre el seno.

Varias veces intentó levantarse y no pudo conseguirlo, como si una mano invisible la retuviera enclavada en aquel sitio. Hizo un último esfuerzo y en vano lo pretendió. ¡La extrema laxitud de sus miembros, denunciaba ese estado agónico que precede al total agotamiento de los principios vitales!

Se desplomó sobre su propio cuerpo para no levantarse jamás. ¡Estaba muerta!

En aquel instante se oyó el crujir de las alas de un ave nocturna que, revoleteando, vino a posarse en los brazos de la cruz, a cuyo pie acababa de expirar la desventurada joven.

La lechuza dio un grito agudo, seco y estridente, y volvió a emprender su pesado vuelo, hasta perderse en la oscuridad de la noche.

¡Escena desgarradora y de sublime tristeza!

Aquella mujer, con la cabeza caída sobre el seno, rodeando la cruz con sus desmayados brazos y en actitud de orar, parecía un bajo relieve de Fidias,[63] o un cuadro de los tiempos bíblicos, digno de los mágicos pinceles del ¡divino Rafael![64]

El alma de la virginal Dulce María, rompiendo su débil cárcel de barro, voló a los espacios inerrables, a reunirse con la de Arcadio que, bañada en esplendores de aurora, la esperaba para celebrar sus eternos desposorios.

*
* *

Al siguiente día, otra cruz, a la derecha de la de Arcadio, determinaba el lugar donde fueron sepultados los restos de la pobre ribereña; viniendo a ser aquel pedazo de tierra, cuna y sepulcro a la vez de los más tiernos amores.

*
* *

Cuando los habitantes de la comarca –jóvenes y ancianos– tienen que pasar por aquellas inmediaciones, aún a trueque de dar un pequeño rodeo y robar algunos minutos a sus diarias ocupaciones, se llegan al sitio que ocupan las tres cruces; descúbrense ante ellas con religioso respeto y, rodillas en tierra, murmuran una oración.

Las jóvenes van todas las tardes, a la caída del Sol, a regar los claveles amarillos, violas y margaritas, que por

---

63   Phidias (480– 430 BC) escultor, pintor y arquitecto griego.
64   Raffaello da Urbino (1483 –1520) pintor italiano del Renacimiento.

sus propias manos sembraron alrededor de las cruces de los dos amantes; tributando a la vez, a su imperecedero recuerdo, lágrimas del corazón, las que, a los últimos rayos del astro del día, brillan como diamantes desgranados en el cáliz de las flores.

*

*   *

Mientras en sensibles pechos palpiten enamorados corazones, y se haga de la constancia una virtud y del amor un culto, se conservará incólume, por la tradición, enlazada a los nombres de Arcadio y Dulce María, la historia de LAS TRES CRUCES.

Pedro Molina
Habana 1887

Pilón con cuero

———

Es una frase muy empleada por el vulgo, aquella de que *Bayamo es tierra de brujos*[65]; tal vez por el gran acopio de leyendas, romances y cuentos inverosímiles que figuran en la tradición de ese pueblo, ya célebre de por sí por haber sido la cuna de los dos primeros hombres de la Isla de Cuba, y aún de los tres, si se admite que después de Saco[66] y Tristán Medina[67] coloquemos a Juan Clemente Zenea[68] como el primero, o por lo menos, como el más dulce de todos los poetas cubanos.

Entre aquel gran acopio de cuentos, el de *Pilón con cuero*, era el que gozaba de mayor preferencia entre las mamás y nodrizas, para hacer que los pequeñuelos se fuesen a la cama al toque de oraciones; pues se les hacía creer a los niños, que *Pilón con cuero* era efectivamente, como lo indicaba su nombre, un enorme pilón forrado en cuero que recorría las calles todas las noches, dando golpes con una gran *macana*, cuyos golpes eran una especie de ame-

---

65 Bayamo, localidad del Oriente de Cuba.
66 José Antonio Saco (1797–1879), reconocido ensayista e historiador cubano.
67 Tristán de Jesús Medina (1833-1886), orador sagrado, ensayista y narrador.
68 Juan Clemente Zenea (1832-1871). Poeta romántico natural de Bayamo, que también se menciona en la narración de Serafín Pichardo «cuento que pica en historia»

naza a los niños que no se acostaban temprano, para machacar sus cuerpecitos hasta dejarlos como *pinol*[69]

Esto decían las mamás, y no faltaban viejas que le creyeran a puño cerrado; pero la tradición dice, que *Pilón con cuero* no era otra cosa que el ardid que bajo diversas formas empleaban los aventureros galanes nocturnos para *pelar la pava* con sus damas, sin las indiscretas miradas de los vecinos que —crédulos o incrédulos— al oír, por ejemplo, una lluvia de piedras que caían sobre los tejados, cerraban sus puertas y se acostaban inmediatamente para no tener que habérselas con el dichoso *Pilón con cuero*, que era sin duda quien escupía aquel aguacero de guijarros.

Hecha esta pequeña digresión, pasemos a nuestro cuento.

Todavía debe existir en Bayamo, próximo a la entrada de la barranca del río, que por aquella parte se llama *Paso del Carojo* —algún vestigio de lo que fue templo de Cristo, ya en estado de ruina desde la época de nuestro cuento, que se remonta al año de 1845.

Cerca de ese templo vivía la joven Silvina, cuya exquisita personificación de la estética nos ahorraremos de detallar, con sólo decir que era hija de Bayamo.

Silvina llevaba relaciones formales con un apuesto mancebo llamado Carlos, que la pintaba un amor tan puro como el que ella sentía; pintura superficial en lo absoluto, pues lo que Carlos sentía no era otra cosa que el vehemente deseo de poseerla para satisfacer ese capricho material que se anida en las conciencias de cieno y en las almas refractarias a todo sentimiento noble, bueno y generoso.

Yo no sé de qué artimañas se valiera Carlos para con-

---

69   «Mezcla de polvos de maíz y especies aromáticas, muy común en aquella época en Bayamo, y que servía para echarla en el chocolate, el cual daba exquisito olor y sabor». Énfasis y nota que aparece en el original.

seguir de su amada la promesa de asistir a una cita a las once de la noche; y dados los antecedentes que tenemos de Carlos, demás está decir que para cuando llegase el momento, el aventurero galán estaba resuelto a sacar partido de la pasión loca que hacia él sentía la inocente Silvina, para llevar a cabo aquella noche sus inicuos propósitos.

*
*   *

El plazo marcado para la cita se cumplió muy breve, por más que a Carlos le pareciesen años los tres o cuatro días que tuvo que esperar.

Era muy de cerca de las once de la noche, y como la luna estaba bellísima, los vecinos de la plazoleta del Cristo permanecían aún tomando el fresco sentados a la puerta de sus casas, según la costumbre que está todavía en vigor en muchas poblaciones de tierra-adentro.

Un bulto envuelto en una capa se deslizó brevemente por el atrio de la iglesia hasta detenerse en el ángulo que forma la torre con la pared del costado que daba frente a la casa de Silvina.

Carlos –pues éste era el embozado– notó que en aquel sitio estaba sirviendo de blanco a las indiscretas miradas de los vecinos, y resolvió esconderse dentro de la iglesia, ya que así se lo permitía la desvencijada puerta que había cerca de él.

Hacía ya un cuarto de hora que estaba dentro, y como era natural, se impacientaba por la tenacidad de aquellos vecinos en no acostarse; y porque ya Silvina le había hecho desde la ventana algunas señales de inteligencia.

El galán –para quien la presencia de aquellos vecinos era ya el suplicio de Tántalo– sintió crecer su impaciencia, y resolvió acudir al ardid de *Pilón con cuero* para espantar a los vecinos.

Cogiendo pedazos de ladrillos del pavimento empezó a lanzarlos a la calle por una ancha claraboya que estaba cerca del altar mayor.

Desde las primeras piedras, que unas caían sobre los tejados y otras en el centro de la calle, los vecinos empezaron a cerrar sus puertas, y hasta la misma Silvina cerró la ventana, llena de miedo; ignorante como estaba de que aquellas piedras eran el ardid que empleaba su amante para poder acercarse a ella.

Confiado Carlos en que su treta había surtido ya el efecto deseado, pues oía claramente el golpear de las puertas al cerrarse y el rechinar de las cerraduras, lanzó la última piedra, que tomando una dirección distinta de las otras, rechazó dando un golpe seco, a la vez que un objeto que venía tras ella, dio un fuerte estallido al caer sobre las gradas del altar.

Carlos, sin importarle lo que pudiera ser aquel estallido, si bien algo atemorizado, se dispuso a ganar la salida para correr al lado de Silvina; pero quiso su mala estrella que al pisar el umbral de la derruida puerta, se le introdujese un enorme clavo en el pie izquierdo, sintiendo un dolor tan agudo, que dio un grito y cayó privado en aquel mismo sitio.

*

*   *

Hacia las cuatro de la madrugada cruzó por la plazoleta del Cristo la procesión del Rosario, o séase *el rosario de la aurora*; y algunos de sus acompañantes se encargaron de recoger aquel herido, que pocos momentos antes había vuelto de su desmayo.

No se sabe si después que Carlos hubo curado, volvió en busca de Silvina: lo que sí se supo al otro día del suceso fue, que la última piedra tirada por Carlos hizo caer sobre las gradas del altar el pie izquierdo de una gran imagen de Cristo Crucificado, que aún se conservaba en el altar mayor de aquella iglesia, respetada por el tiempo y por las inclemencias de la intemperie.

Después de este hecho, en el que se veía claramente la mano de Dios, los vecinos crédulos empezaron también a ver muy claro lo que en realidad era el tan decantado *Pilón con cuero*.

José Tamayo y Lastres
Santiago de Cuba, 5 de agosto de 1887

Nuestro catálogo

———

El *Catálogo de libros* que a continuación insertamos, contiene las obras de autores cubanos que actualmente se hallan de venta en las librerías de esta ciudad, según datos que hemos obtenido de ellas mismas.

Compréndase, desde luego, que no todas las producciones anotadas en el *Catálogo* han de ser mérito sobresaliente. Pero la historia literaria, el crítico y el aficionado a las letras, están en el deber de conocerlas para poder juzgarlas.

Es muy común dar calificaciones *de oídas* a los autores, lo cual expone a la injusticia y al error. Es preciso que la opinión se ilustre, que los criterios se solidifiquen, de suerte que no desdeñemos lo bueno que poseamos, por no saber apreciarlo debidamente, o arrastrados por preocupaciones vulgares, y que tampoco nos empeñemos en encumbrar lo de mérito escaso.

Tenemos una literatura propia, característica; pobre, es verdad, si con otras se compara; rica, muy rica, si en cuenta se tienen los obstáculos tradicionales que a su desenvolvimiento se han opuesto. Prueba de esto es la lista de autores cubanos, –algunos muy dignos de más atención que la que se les dedica– que adornan con las galas de su inteligencia los estantes de nuestros principales establecimientos de libros.

Entre esas obras hay algunas, muy pocas, que, sin ser cubanos sus autores, nos ha parecido oportuno incluirlos, bien por tratar los asuntos de Cuba con elevado criterio y autoridad, como sucede en Las Casas, Humboldt, bien por el incuestionable mérito de sus trabajos sobre cuestiones de nuestro país, como en La Sagra, López Prieto, Salas y Quiroga, o ya, también por deferencia hacia los que como D. Mariano Ramiro tuvieron a Cuba por su patria adoptiva.

Hoy que se goza en nuestro país de más libertad, comparada con la que en días de ominosa dictadura se tuvo, están como depurándose las reputaciones a la luz de la verdadera crítica. Sanguily hace un trabajo meritísimo sobre los oradores; Ramírez tiene escrita su historia de las artes en La Habana y quizá también pudiera decirse la de Cuba; Calcagno recoge en una obra, con constancia y laboriosidad verdaderamente benedictina o sajona, datos de importancia suma para nuestra historia; revistas como la de Cortina y su digna sucesora la Cubana, van dando cuenta minuciosa y juzgando con alto sentido crítico las nuevas obras; todo esto nos parece que arguye un fecundo trabajo de elaboración intelectual que mucho dice en favor de nuestra cultura. Y esto tanto más notable, cuanto que pocos, muy pocos de los que sobre sí toman tareas tan áridas, logran ver recompensado sus afanes y sus esfuerzos.

Fundadas esperanzas debemos abrigar para el día en que nuestros hondos males cesen o aminoren y no sea una lucha enervante, triste y estéril la que tengan que entablar los artistas y escritores, para legar a su patria la gloria que alcancen con sus obras.

Estas consideraciones han sido las que nos movieron a formar ese *Catálogo* cuya primera parte ofrecemos a nuestros lectores, seguros de que nos han de dar su aprobación; que siempre es un goce de que nos toca participar en común ver colocados en el alto puesto que se merecen, por su indisputable mérito, los Romay, Saco, Pichardo, Pozos Dulces, Varona, Luz, Varela y tantos preclaros hijos de este suelo.

Catálogo de libros de autores cubanos

————

A

Avellaneda (*Gertrudis Gómez de*). – Obras completas, 5 tomos. La Propaganda Literaria, Zulueta 28 y librerías.

Arrate (*José Martín F. de*). – Llave del nuevo mundo, etc. Historia de La Habana. Tomo I de Los Tres primeros historiadores de Cuba. E. Casona, Obispo 34.

Armas y Cárdenas (José de). – El Quijote de Avellaneda y sus críticos, I tomo. La Dorotea de Lope de Vega, I tomo. Las armas y el duelo, I tomo. Villa, Obispo 60.

Armas y Céspedes (*Francisco*). – De la esclavitud en Cuba, I tomo. Alorda, O-Reilly 96.

Arango y Molina (*R*). Contribución a la fauna malacológica cubana, I tomo. Alorda, O.Reilly 96.

Armas y Sáenz (Ramón). – Formularios de la tramitación de los negocios civiles, I tomo. Código de comercio (ley y comentarios), I tomo. Librerías.

ANDUEZA (José María). – Isla de Cuba pintoresca, I tomo, Turbiano, O-Reilly 61.

ALONSO (A). – Historia de Matanzas, I tomo, O-Reylly 61.

ARBOLEYA (José García de). – Manual de la Isla de Cuba, I tomo. Tres cuestiones sobre Cuba, folleto, Casona, Obispo 34.

ANGULO Y HEREDIA (Antonio). – Schiller y Goethe. – Estudio sobre la democracia en los Estados Unidos. Casona, Obispo 34.

B

BACHILLER Y MORALES (Antonio). – Cuba Primitiva. Monografía histórica de la Isla de Cuba. Apuntes para la historia de las letras en Cuba, 3 tomos. Filosofía del derecho, I tomo. Antigüedades americanas, I tomo. Repertorio de conocimientos útiles, I tomo. Eloísa de J. Arango, I tomo. Prontuario de agricultura, I tomo. Villa, Obispo 60.

BORRERO ECHEVARRÍA (E). – La vieja ortodoxia y la ciencia moderna, I volumen. Poesías, I tomo. Villa, Obispo 60.

Bobadilla (*Emilio*). – Relámpagos, I tomo. Mostaza, I tomo. Reflejos de Fray Candil, I tomo. Librerías.

Balmaseda (*Francisco Javier*). – Tesoro del agricultor cubano, 3 tomos. La Propaganda Literaria y librerías.

Betancourt (*José Ramón*). – Una feria en La Caridad. La Propaganda Literaria, Zulueta 28.

C

Calcagno (*Francisco*). – Diccionario biográfico cubano. Historia de un muerto. Uno de tantos. Poetas de color. Los crímenes de Concha. E. Casona, obispo 34. Escenas Cubanas. Güines 1863. Villa, Obispo 60.

Cabrera (*Raymundo*). – Cuba y sus jueces, I tomo. Librerías.

Cuyás (*Camilo*). – Unidad del universo, I tomo. O-Reilly 21.

Casado (*José Sixto*). – Manual de globos celeste y terrestre, I tomo. Cosmografía. Casona, Obispo 34.

Costales y Sotolongo (*Bernardo*). – Deshonra que glorifica, drama. Librerías.

Castillo de González (*Aurelia*). – Biografía de Gertrudis Gómez de Avellaneda y juicio crítico de sus obras. Villa, Obispo 60. Adiós a Víctor Hugo, poema. La Propaganda Literaria, Zulueta 28.

CÁRDENAS Y CHÁVEZ (*Miguel de*). – Flores cubanas 1842. Colección de artículos de costumbres. Obispo 54.

Canciones cubanas. – 3ª edición. La Principal. Plaza del Vapor.

CASSARD (*Andrés*). – Poesías, I tomo. Manual de la Masonería, 2 tomos. Cincuenta años de la vida de Daniel Cassard, I tomo. Ricoy, Obispo 54.

COSTALES (*Manuel*). – Aguinaldo habanero, I tomo. Obispo 54.

Campe. – Historia del descubrimiento y conquista de América. I tomo.

CASTRO (*Vicente Antonio*). – Cartera cubana, periódico, I tomo. Alorda, O-Reilly 96. Casona, Obispo 54.

D

DOMÍNGUEZ (*Eusebio Valdés*). – Los antiguos diputados de Cuba, I tomo. Turbiano, O-Reilly 61.

DEL-MONTE (*Domingo*). – La loca del Canimar. Novela. Obispo 34.

E

EZPONDA (*Eduardo*). – ¿Es ángel? Novela. Galería Librería. Obispo 55. La Mulata, folleto, *idem*.

ERENCHUN (*Félix*). – Anales de la Isla de Cuba 1855 y 1856, 8 tomos. Obispo 34.

ESTEVEZ Y VALDÉS (*Sofía*). – Lágrimas y sonrisas. Zulueta 28

F

FERRER (*Miguel Rodríguez*). – Naturaleza y civilización de la grandiosa Isla de Cuba, I tomo. La Propaganda Literaria, Zulueta 28.

FORNÁRIS (*José*). – Poesías, I tomo. Retórica y poética, I tomo. Cuba poética. Cuba literaria. Casona, Obispo 34, librerías.

FOXÁ (*Narciso*). – Canto épico sobre el descubrimiento de América, I tomo. Obispo 54.

G

GUITERAS (*Pedro José*). – Historia de la Isla de Cuba. La conquista de La Habana por los ingleses. E. Casona, Obispo 34.

Guitera (*Antonio*). – La Eneida (traducción).

Govín (*Antonio*). –Elementos teórico-prácticos de derecho administrativo, 3 tomos. Apéndice de *idem*, I tomo. El enjuiciamiento civil en Cuba Puerto-Rico. Alorda, O-Reilly 96.

Giiell y Renté (José). – Leyendas americanas, I tomo. Salud 23. Amarguras del corazón, I tomo, Obispo 54. Tradiciones de América. O-Reilly 61.

Govantes. – Poesías. Salud 23.

Giralt (*Pedro*). – Guadalupe. La Señorita Delfina. Villa, Obispo 60.

Gelabert (*Francisco de P*). – Cuadros de costumbres cubanas. Salud 23.

Guerrero (*Teodoro*). – Cuentos de salón. Lecciones de mundo. Ricoy, Obispo54. Al calor del hogar. Teniente Rey 23. Colección de sus obras. La Propaganda Literaria, Zulueta 28.

González (*Manuel Dionisio*). – Memoria histórica de la Villa de Santa Clara y su jurisdicción, I tomo. Obispo 54.

González del Valle (Ambrosio). – Manual de flebotomianos. Salud 23.

González del Valle (*J. Zacarías*). –Guirnalda fúnebre. Colección de poesías. Obispo 54.

H

Heredia (*José María*). – Obras poéticas y dramáticas, 2 tomos. Alorda, O-Reilly 96 y librerías.

Heredia (*Nicolás*). – El hombre de negocios, novela, I tomo. Obispo 54.

Humboldt (*Barón A. de*). – Ensayo político sobre la isla de Cuba, I tomo. Obispo 54.

Hazard (*Samuel*). – La siempre fiel Isla de Cuba. Cuba with pen and pencil. Alorda, O-Reilly 96.

Herrera (*Antonio*). – Crónicas, 4 tomos. Casona, Obispo 34.

J

Jiménez (*Juan B*). – Aventuras de un mayoral. Cultivos menores, pasto, ganadería, etc. I tomo. El ingenio 2ª parte de la anterior. Caña de azúcar, su cultivo, etc. Alorda, O-Reilly 96.

K

Kriiger (*Rosa*). – Poesías con un prólogo de J. A. Cortina, I tomo. Librerías.

L

LABRA (*Rafael M. de*). – Mi campaña en las cortes, I tomo. La brutalidad de los negros, I tomo. Derecho internacional, I tomo. Emancipación de los negros de los Estados Unidos, I tomo. Libertad de los negros en Puerto Rico, I tomo. Política y sistema coloniales. Pérdida de las Américas. La Propaganda Literaria, Zulueta 28.

LA SAGRA (*Ramón de*). – Historia física, económica, política intelectual y moral de la Isla de Cuba, I tomo. Historia física política y natural de la Isla de Cuba. 12 tomos en félio con 2 atlas de historia natural. Alorda, O-Reilly 96.

LA TORRE (José M). – Lo que fuimos y lo que somos, o La Habana antigua y moderna. Colección de todas sus obras. Casona, Obispo 34.

LÓPEZ PRIETO (*Antonio*). – Parnaso cubano. I tomo. Los restos de Colón, I tomo. Informe sobre los restos de Colón, I tomo. El Obispo Espada, estudio histórico biográfico, I tomo. Villa, Obispo 50.

LAMBEYE. – Aves de la Isla de Cuba, I tomo. Salud 23.

LACHAUME (*Jules*)- Treinta y una veladas. Fisiología de

la Isla de Cuba. El jardinero cubano. Valdepares, Murallas 61.

López de Briñas (*Felipe*). – Poesía y Bohemia, I tomo. Casona, Obispo 34.

Las Casas (*Fray Bartolomé*). – Historia de Indias, 5 tomos. Casona, Obispo 34.

López (*José Florencio, Jacan*). – La tuna brava, I tomo. La Propaganda Literaria Zulueta 28.

M

Medina (*Tristán de Jesús*). – El Réquiem de Mozart.

Milanés (*José Jacinto*). – Poesías completas, I tomo. Obras poéticas y dramáticas. Librerías.

Mendive (*Rafael M*). – Poesías con un prólogo de D. Manuel Cañete. I tomo. Villa Obispo 60. América poética, colección de poetas hispanoamericanos (Mendive R. M. y J. de J. Q. García) Revista de La Habana (id. Id.) E. Casona, Obispo 34 y Alorda, O-Reilly 96.

Meza (*Ramón*). – El duelo de mi vecino, Flores y calabazas, I tomo. Carmela, I tomo. Mi tío el empleado, 2 tomos. La Propaganda Literaria Zulueta 28 y librerías.

MORALES (*Sebastián Alfredo*). – Álbum de Milanés, Plácido, poesías completas. Librerías.

MADAN Y GARCÍA (*Augusto E*). – Obras dramáticas, I tomo 600 páginas. Alorda O-Reilly 96.

MORALES (*Alfredo Martín*). – Artículos políticos y literarios. Galería Literaria Obispo 55.

MARTÍN Y PÉREZ (*E*). – El azúcar en Cuba lo que es y lo que debe ser, I folleto. Villa Obispo 60.

MORA (*Federico*). – Del cheque. Premiada por el Colegio de Abogados de La Habana, I tomo, Librerías.

MITJANS (*Aurelio*). – Estudios literarios. Galería Literaria Obispo 55 y librerías.

N

NÁPOLES FAJARDO (*El Cucalambé*). – Rumores del Hórmigo. Librerías

O

OVIEDO (*Gonzalo Fernández de*). – Historia general de las Indias, 4 tomos. Casona, Obispo 34.

Orihuela (*André A*). – El sol de Jesús del Monte, I tomo. La propaganda Literaria, Zulueta 28.

P

Piñeiro (*Enrique*). – Estudios y conferencias. Poetas famosos del siglo XIX. Morales Lemus y la Revolución de Cuba. New York 1871. Alorda, O-Reilly 96.

Plácido (*Gabriel de la C. Valdés*). – Poesías completas, I tomo. Librerías.

Palma (*José J*). – Poesías, Tegucigalpa 1882. Poesías líricas. O-Reilly 61.

Palma (*Ramón*). – Lira Americana, I tomo. Zulueta 28.

Pichardo (*Esteban*). – Geografía de la Isla de Cuba, 4 tomos. Caminos de la Isla de Cuba, 3 tomos. Salud 23. Diccionario de voces cubanas. Gran carta geográfica. Casona, Obispo 34. El fatalista. Zulueta 28.

Pezuela (*Jacobo de la*). – Ensayo histórico de la Isla de Cuba, I tomo. Alorda, O-Reilly 96. Diccionario geográfico, estadístico e histórico de la Isla de Cuba, 4 tomos. Ricoy, Obispo 54.

Pimienta (E). – Manual práctico de la fabricación del azúcar de caña, 3 tomos. Alorda O-Reilly 96.

P. y V. (*C*). – El hombre en la naturaleza, I tomo. Obispo 60.

Piña (*Ramón*). – Jerónimo el honrado. Un bribón dichoso, novelas.

Poey (*Felipe*). – Mineralogía. Casona, Obispo 34.

R

Rodríguez (*José Ignacio*). – Vida de D. José de la Luz y Caballero. Vida del Pbro. don Félix Varela. Alorda, O-Reilly 96.

Reynoso (*Álvaro*). – Cultivo de la caña de azúcar. Notas acerca del cultivo en camellones. Agricultura de los indígenas de Cuba y Haití, I tomo. Alorda, O-Reilly 96.

Romay (*Tomás*). – Obras, 3 tomos. Alorda, O-Reilly 96.

Rosainz (*Domingo*). – Necrólopolis de La Habana, I tomo. Ricoy, Obispo 54.

Rosales (*Antonio*). – Acordes de la lira; libro escrito en verso y prosa. Ricoy, Obispo 54. Murmurios del Ságua, I tomo. Zulueta 28.

Repertorio cubano de ciencias, literatura y artes, volumen I, 1834. Alorda, O-Reilly 96.

ROSAS (*Julio*). – Lágrimas de un ángel. Villa, Obispo 50.

RAMÍREZ (*Serafín*). – Prontuario del dilettanti, I tomo. La Propaganda Literaria, Zulueta 28.

Ramiro (*Mariano*). – Punto final, I tomo. Cándido, I tomo. Amor fiambre, I tomo. La Propaganda Literaria, Zulueta 28.

S

SACO (*José Antonio*). – Historia de la esclavitud; París 1875, 4 tomos. Colección de papeles sobre la Isla de Cuba; París 1875, I tomo, colección póstuma de papeles; Habana 1881, I tomo. Librerías.

SUÁREZ Y ROMERO (*Anselmo*). – Artículos, I tomo. La historia, Obispo. Francisco, novela. Villa, Obispo 50.

STUYK. – División territorial de la Isla de Cuba, I tomo. Salud 23.

SANGUILY (*Manuel*). – Los caribes de las islas. Villa, Obispo 50.

SELLÉN (*Antonio*). – Estudios poéticos; 1863, I tomo. Poesías 1864, I tomo. Cuatro poemas de Lord Byron; 1877, I tomo. Joyas del Norte de Europa; 1879, I tomo. Ecos del Rhin; 1881. Muralla 40. Librerías.

SELLÉN (*Francisco*)- Enrique Heine (Intermezzo lírico), I tomo. Villa, Obispo 50.

SALAS Y QUIROGA. – Viajes a Cuba, 2 tomos. Casona, Obispo 34.

T

TEURBE TOLÓN (*Miguel*). – Poesías. Leyendas cubanas, I tomo. Obispo 54.

TEJERA (*Diego V*). – Poesías completas, La Habana 1879. La muerte de Plácido, New York. Librerías.

TORRENTE (*Mariano*). – Bosquejo económico político de la Isla de Cuba, 2 tomos. Alorda, 96. Turbiano O-Reilly 61.

U

URRUTIA Y MONTOYA (*Ignacio*). – Teatro histórico, jurídico, político y militar de la isla Fernandina de Cuba. Tomo II de Los Tres Primeros historiadores de Cuba. E. Casona, Obispo 34.

ULLOA. – Noticias americanas, entretenimientos phisico-históricos, I tomo. Alorda, O-Reilly 96.

V

Varona (*Enrique J*). – Conferencias filosóficas. Lógica, I tomo, 1880. Poesías. Ojeadas sobre el movimiento intelectual en América, I Tomo. Paisajes cubanos, I tomo. Evolución psicológica, I tomo. La Metafísica en la Universidad de La Habana, I tomo. Estudios literarios y filosóficos, I tomo. Víctor Hugo, I tomo. Cervantes, I tomo. Emerson, I tomo. Villa, Obispo 50.

Villanueva (*Conde de*). – Extracto alfabético de los acuerdos generales e interesantes de la junta de Hacienda, I tomo. Alorda, O-Reilly 96.

Villaverde (*Cirilo*). – Cecilia Valdés. Sala O-Reilly, 23.

Valdés (*Antonio J*). – Historia de la Isla de Cuba y en especial de La Habana, I tomo. III de los tres primeros historiadores de Cuba. E. Casona, Obispo 34.

Varela (*Félix*). – Lecciones de filosofía, Nueva York 1832, 3 tomos. Obispo 54. Cartas a Elpidio, I tomo. Turbiano, O-Reilly 61.

Varela Zequeira (*José*). – Arpas amigas con la colaboración de los Sellén, Varona, Borrero, Tejera y Betancourt, I tomo. La adaptación, discurso. Villa, Obispo 60.

Valerio (*Juan F*). – Cuadros sociales; La Habana 1876.

VILLALÓN Y ECHEVARRÍA. – Manual del apicultor (premiado en el certamen de la Real Sociedad Económica de Amigos del País), I tomo, 500 páginas. Alorda, O-Reilly 96.

VALDIVIA (*Aniceto*). – El grupo de los idilios de Víctor Hugo, tomo 88 de la Biblioteca Nacional, Madrid. Yámbicos, Lázaro, traducción de A. Barbier; Biblioteca Universal.

VALDÉS DOMÍNGUEZ (*Fermín*). – El 27 de Noviembre de 1871. Librerías.

VELEZ (*Herrera*). – Poesías.

VALDÉS (*Carlos Jenaro*). – El Palenque literario, periódico, 4 tomos. Obispo 54.

Vinajeras (*Antonio*). – Obras. Obispo 60.

W

WILSON (*Erastus*). – Saneamiento y defensa del puerto de La Habana y un plano de la ciudad. Librerías.

Z

ZEQUEIRA Y ARANGO (*Manuel T*). – Obras poéticas completas. Salud 23. Obispo 54.

Zambrana (*Ramón*). – Trabajos académicos, I tomo. Soliloquios I tomo. Salud 23. Bóveda celeste, I tomo. El Kaleidoscopio. Repertorio de medicina, farmacia y ciencias. Obispo 54.

Zenea (*Juan Clemente*). – Poesías completas, New York. Revista Habanera. Casona. Obispo 34.

Autores

MEZA, Ramón (La Habana, 1861-1911).

Novelista, cronista, y profesor. En 1884 comenzó a colaborar en La Habana Elegante, de la cual fue redactor. Colaboró también en otras publicaciones de la época como Cuba y América, La Ilustración Cubana, Revista Cubana, El Triunfo, La Correspondencia de Cuba, Patria, Diario de la Marina, y El Fígaro. Firmó con los seudónimos R.E.Maz y Un redactor. Sus novelas principales fueron *El duelo de mi vecino. Novelas* por R. E. Maz (seud.). (La Habana, *La Propaganda Literaria*, 1886). Carmela. (La Habana, la Propaganda Literaria, 1887) y la más conocida, *Mi tío el empleado*. (Barcelona, Imp. de Luis Tasso, 1897).

VALDIVIA, Aniceto (Sancti-Spíritus, 1857-1927).

Poeta, cronista, dramaturgo, y traductor del francés. Cursó segunda enseñanza en Santiago de Cuba y Derecho en Santiago de Compostela. Colaboró en publicaciones españolas como El Globo, El Pabellón Nacional, El Madrid Cómico, Los Lunes de El Imparcial. Estrenó con gran éxito *La ley suprema* (Madrid, Impr. de P. Abienzo, 1882) drama en tres actos y en verso. En Puerto Rico dirigió la «Hoja Literaria» de El Asimilista y también publicó una serie de artículos críticos sobre los primeros escritores en prosa y verso de Puerto Rico. En Cuba colaboró en El País y La Habana Elegante. Fue amigo de Julián del Casal, Rubén Darío, los hermanos Uhrbach y Juana Borrero. Gran promotor del Modernismo en Cuba. Usó los seudónimos Antonio Vico, Conde Kostia, Kond Kostya y VLDVIa. Escribió *Pequeños poemas. I. Melancolía (Paráfrasis)* (La Habana, Imp. de Rambla y Bouza, 1904). *Pequeños poemas. II. Los vendedores del templo (Paráfrasis)* (La Habana, Imp. de Rambla y Bouza, 1904). Algunas de sus crónicas están recogidas en el volumen *Mi linterna mágica*, por Conde Kostia (sed.) (La Habana, Ministerio de Educación. Instituto Nacional de Cultura, 1957).

CASTILLO, Aurelia (Camagüey, 1842-1920).
Poetisa, cuentista, periodista y traductora del italiano. Colaboró en numerosos periódicos tanto en España como en Cuba. Entre ellos están la revista Cádiz, la Crónica Meridional de Almería y El Eco de Asturias. En Cuba colaboró en Revista de Cuba, Revista Cubana, y La Habana Elegante. Entre sus libros más conocidos están *Biografía de Gertrudis Gómez de Avellaneda y juicio crítico de sus obras* (La Habana, Imp. de Soler, Álvarez, 1887), el libro de viajes, *Un paseo por Europa. Libro de viajes. Cartas de Francia (exposición de 1889), de Italia y de Suiza.* (La Habana, La Propaganda Literaria, 1891) y *Cuentos de Aurelia* (La Habana, Imp. de Rambla y Bouza, 1912).

ARMAS Y CÁRDENAS, José de (La Habana 1866-1919).
Periodista, novelista y crítico literario. En 1884 obtuvo el título de Licenciado en Derecho Civil y Canónico en la Universidad de la Habana. Colaboró en periódicos de

Cuba, Madrid, Londres y los Estados Unidos, entre ellos The New York Herald, The Sun, La Lucha, Revista Cubana, El Fígaro, Diario de la Marina, La Prensa, La Discusión, Cuba y América, y otros. Utilizó el seudónimo Justo de Lara. Entre sus obras más conocidas están *El Quijote de Avellaneda y sus críticos*. (La Habana, Ed. M. de Villa, 1884), *Las armas y el duelo*. Carta dirigida al Sr. D. Manuel Cardenal y Gómez, maestro de esgrima, por Uno de sus discípulos. (La Habana: Imp. La Tipografía, 1886) y *Ensayos críticos de literatura inglesa y española*. (Madrid: Librería General de Victoriano Suárez, 1910). Algunos de sus artículos fueron recogidos después de su muerte bajo el título *Treinta y cinco trabajos periodísticos*. (La Habana: Publicaciones de la Secretaría de Educación. 1935).

ROSAS, Julio (Habana, 1839-1917).

Periodista y novelista. Su verdadero nombre era Francisco Puig y de la Puente. Conspiró contra la metrópoli española durante la colonia y escribió varios artículos sobre reforma en Cuba. Publicó la novela *La campana del ingenio*, novela abolicionista en el semanario habanero La Razón (1883-1884), y luego la publicó, de forma independientemente, bajo el título *La campana de la tarde; o, Vivir muriendo. Novela cubana*. 3 t (La Habana: Imp. El Altar de Guttemberg, 1873). Otras de sus redacciones con índoles sentimentales y abolicionistas es *Lágrimas de un ángel* (Habana, Establecimiento Tipográfico la Cubana, 1861). Colaboró en diversas revistas habaneras entre ellas El Eco del Comercio, El Gorro Frigio, El Curioso Americano. Emigró a los EEUU al estallar la Guerra de Independencia de 1895.

PICHARDO Y PERALTA, Manuel Serafín (Santa Clara, 1863-1937).

Cronista y poeta. Doctor en Leyes por la Universidad de la Habana. Colaboró en diversas revistas, entre ellas El Fígaro (1885) de la que fue fundador, junto con Ramón A. Catalá. Escribió *La ciudad blanca. Crónicas de la Exposición Colombiana de Chicago*. Prefacio de Enrique J. Varona. (La Habana: Imp. La Propaganda Literaria, 1894), y *Cuba a la República. Poemas en dos cantos*. Con una carta de Diego Vicente Tejera. (La Habana: Tipografía El Fígaro, 1902). Sus escritos aparecieron con el seudónimo El Conde Fabián.

VILLAVERDE, Cirilo (Pinar del Río, 1812-1894).

Periodista, cuentista, traductor y uno los novelistas más importantes de Cuba. Participó en las tertulias literarias de Domingo del Monte. Colaboró en numerosas revistas como Recreo de las Damas, Aguinaldo Habanero, La Cartera Cubana, Flores del Siglo, La Siempreviva, El Álbum, La Aurora, y El Artista. Su novela más conocida es *Cecilia Valdés; o, La Loma del Ángel*. Novela cubana. T. 1. (La Habana, Imp. Literaria, 1839), cuya edición definitiva apareció en 1882 en New York, bajo el titulo *Cecilia Valdés; o, La loma del Ángel. Novela de costumbres cubanas*. Imp. de El Espejo.

CALCAGNO, Francisco (Habana, 1827-1903).

Novelista, poeta, traductor, lexicógrafo y articulista. Colaboró en periódicos como La Unión, El Progreso, La Habana, El Faro Industrial, El País y La Habana Literaria. Publicó una colección de poemas titulada *Poetas de color*, (La Habana, Imp. Mercantil, 1878; Id., 1887) con versos de Plácido, Manzano, y los suyos propios bajo el seudónimo de Moreno esclavo Narciso Blanco. Entre sus obras principales se cuentan *Mesa revuelta. Colección de artículos de amena literatura, opúsculos, juicios críticos, historietas, novelas, folletines, revistas viejas y otras muchas cosas.* (La Habana, Est. Tip. La Antilla, 1860). *Poesías del negro esclavo Narciso Blanco,* 1864, y las novelas *Los crímenes de Concha. Escenas cubanas.* (La Habana, Imp. de E. L. Casona, 1887) y *Mina. La hija del presidiario. Novela cubana histórica*, (Barcelona, Est. Tip. de J. Famades, 1896).

SANCHEZ DE FUENTES Y PELAEZ, Eugenio. (Barcelona, 1826-1896).

Originario de España. Novelista, dramaturgo, ensayista, poeta y abogado. En 1861 se trasladó a América, con un cargo gubernamental. En 1877 publicó en la Habana, una segunda edición de su obra dramática titulada *Colón y El Judío Errante* (La Propaganda Literaria). A esta obra teatral se le suman ocho más, incluso inéditas. Su robusta oda *A Cervantes* publicada en el 269 aniversario de su muerte fue reproducida por la Revista Cubana y muy bien recibida por sus contemporáneos, abriéndole las puertas de la Real Academia Española. Uno de sus ensayos más valorados es, *Determinacion del genero literario en que aparece «El Quijote» y significacion artistica, cientifica y critica de esta obra.* (Habana: La Propaganda Literaria, 1888)

MORÉ, Manuel. Periodista. Autor del libro *Prosa* (La

Habana: La Pluma de oro, 1893.), una recopilación de artículos, fábulas, y chistes sobre diversos temas. Firmaba como M. Remo.

HERNÁNDEZ MIYARES, Enrique (Santiago de Cuba, 1859- 1914).

Cronista, periodista, poeta y director de La Habana Elegante a partir de 1888. Codirigió también junto con Alfredo Zayas La Habana Literaria (1891). Fue un gran amigo de Julián del Casal. Emigró a los EEUU al estallar la Guerra de Independencia en 1895 y regresó a Cuba un año después de instaurada la República. Colaboró en los periódicos La Discusión y El Fígaro. Utilizó los seudónimos Grisóstomo, Hernán de Henríquez y Juan de Jiguaní. Sus escritos aparecen recogidos en *Obras completas de Enrique Hernández Miyares*. I. Poesías. (La Habana, Imp. Avisador Comercial, 1915), y *Obras completas de Enrique Hernández Miyares*, II. Prosas. (La Habana, Imp. Avisador Comercial, 1916).

CATALÁ, Ramón A (La Habana, 1866-1941).

Editor del El Fígaro (1909-1929), cofundador de Heraldo de Cuba (1913) y colaborador de La Lucha y Diario de la Marina. Escribió *Divagaciones sobre la novela* (La Habana, Imp. El Siglo XX, 1926). Utilizó los seudónimos Fabián Conde, Chroniqueur, Fígaro, Lucas Gómez y Mlle. Nitouche.

COSTALES Y SOTOLONGO, Bernardo (Matanzas, 1850- ¿?).

Redactor, junto con Juan Ignacio de Armas, de *El*

Museo (La Habana, 1882-1884), semanario ilustrado de literatura, artes, ciencias y conocimientos generales. Colaboró en La Razón, La Guirnalda Cubana, La Aurora, La Infancia, El Palenque Literario y El Trabajo, entre otros. Fue cofundador de *El Hogar*, periódico ilustrado y escribió una comedia titulada *Un mal padre y un buen hijo*. Publicó la obra de teatro *Deshonra que glorifica. Drama en tres actos* (Habana: Imprenta Mercantil, 1887).

ZAMBRANA Y VÁZQUEZ, Antonio (La Habana, 1846-1922).

Cronista, ensayista, novelista, abogado y orador. Participó activamente en las guerras de independencia. Viajó por Hispanoamérica, donde hizo campaña independentista y conoció a importantes figuras como Rubén Darío, sobre el que ejerció influencia. Escribió la novela abolicionista *El negro Francisco. Novela*. (Santiago de Chile, 1873). A su regreso a Cuba, formó parte del Partido Autonomista y fundó el periódico El Cubano. Escribió artículos políticos, de arte y filosóficos. Colaboró en los periódicos El Fígaro, La Discusión, La Lucha, El Siglo, El País y otros. Algunos de sus trabajos están recogidos en el volumen *Ideas de estética, literatura y elocuencia*. (San José: Tipografía Nacional, 1896) y *La poesía de la historia. Miscelánea*. (San José de Costa Rica, Imp. Española, 1900)

TAMAYO LASTRES, José. Autor de unos apuntes para la historia de Manzanillo titulado *Ataque a Manzanillo por dos buques corsarios en el año 1819* (La Habana: Imprenta La Habanera, 1909).

GIRALT, Pedro. Redactor de la *Habana Elegante*
Escribió *Guadalupe: relacion contemporanea.* (Habana:
La Universal, 1886)

SAAVEDRA, Héctor de. Periodista. Colaboró con diferentes revistas y diarios en Cuba, como El Fígaro, Diario de la Marina, La Habana Elegante, La República Cubana y La Discusión. Utilizó los seudónimos como Fleur
de Chic, María Victoria, Yax y Fieramosca,

LUZON, Ángel. Poeta y periodista.

Thank you for acquiring

Cuentos de La Habana Elegante

from the

Stockcero collection of Spanish and Latin American significant books of the past and present.

This book is one of a large and ever-expanding list of titles Stockcero regards as classics of Spanish and Latin American literature, history, economics, and cultural studies. A series of important books are being brought back into print with modern readers and students in mind, and thus including updated footnotes, prefaces, and bibliographies.

We invite you to look for more complete information on our website, **www.stockcero.com**, where you can view a list of titles currently available, as well as those in preparation. On this website, you may register to receive desk copies, view additional information about the books, and suggest titles you would like to see brought back into print. We are most eager to receive these suggestions, and if possible, to discuss them with you. Any comments you wish to make about Stockcero books would be most helpful.

The Stockcero website will also provide access to an increasing number of links to critical articles, libraries, databanks, bibliographies and other materials relating to the texts we are publishing.

By registering on our website, you will allow us to inform you of services and connections that will enhance your reading and teaching of an expanding list of important books.